令嬢司書は冷酷な王子の腕の中

登場人物紹介
ネイラス
悪政を敷く兄王の命を狙った咎《とが》で幽閉されていた王子。冷酷な面のある美青年だが、リーネにだけは優しく接する。
リーネ
本好きの伯爵令嬢。父の死後、義母とうまくいかず図書館に司書として身を寄せている。真面目で礼儀正しい娘。

レイラ
リーネの異母妹。
母と違って姉を慕っており、
その身を案じている。
マーゴット
リーネの義母。
彼女を家から
追い出して以来、
音信不通だったが……？
トリスタン
リーネの同僚である司書。
次期図書館長候補の
優秀な青年で、周囲に
一目置かれている。
ローラ
ネイラスの幽閉先に
配置されていた兵士。
責任感の強い
しっかりした女性。
アレシュ
ネイラスの腹心。
一見感じのいい青年だが、
色々と手段を選ばない
ところも。

ことり、とベッドの隣のテーブルに飲み物が置かれて、本を読みふけっていたリーネははっとした。

カップからは温かそうな湯気《ゆげ》と、スパイスのいい香りが立ち上《のぼ》っている。

「ホットワインだよ、体が温まる」

カップを置いてくれたのは、リーネの夫だ。

妻を見つめる彼の目はおだやかでやさしい。

夫は、どんなにさがしても欠点を見いだせないほどの美貌の持ち主で、冴《さ》え冴《ざ》えとしたアイスブルーの瞳には人を寄せつけない凄《すご》みがあるが、リーネの前ではその雰囲気もゆるむ。

それも、ふたりきりであればなおさらだった。

「どうかした？」

夫に見とれていたリーネは頬が熱くなるのを感じた。

すでに夜も更《ふ》けた今、くつろいだ格好をしている夫にあらためてどきりとしてしまう。

「い、いえ、ありがとうございます」

リーネはあわてて本にしおりを挟んで閉じようとするが、夫に止められる。

「ああ、いいよ。そのまま読んでいて。おもしろいところなんだろう？」

「は、はい。でも……」

そう言うと、夫がふっと微笑んだ。

「いいんだ、君が夢中で本を読んでいる横顔はとてもかわいらしいからね」

「え！」

頬を染めるリーネに目を細めながら、夫が隣のベッドに入った。

「僕のことは気にしないで。でも、あまり夜更かしはよくないから、ほどほどにね」

「でしたら、やっぱりわたしももう寝ます」

読書のために点《つ》けていたランプを消そうとして、再び夫に止められる。

「気にしなくていいと言ったろう？」

「だけど……」

「いいんだ、本当に。僕は君がページを捲《めく》る音をきいていると、不思議とくつろいだ気持ちになって眠くなるんだ」

だから、そのまま本を読んでいてほしい、と言われた。

「ただ、朝まで読むのはだめだからね、明日も仕事だろう？」

「はい、気をつけます」

リーネが素直にうなずくと、夫は安心したように微笑んだ。

「お休み、奥さん」

「お休みなさいませ」

その言葉を合図に、リーネの手元を残して部屋が暗くなる。

夫のことを気にしつつもページを捲《めく》っていると、規則正しい寝息がきこえてきた。

リーネは彼の寝息に耳を傾けながら、不思議な気分に包まれる。

なにしろ、隣の小さなベッドで無防備に横たわっているのは、この国の王なのだ。

しかも、ここは王宮ではない。

リーネと夫だけが暮らす小さな家だ。

音を立てないようにそっと夫が置いてくれたカップを手に取った。両手で持つと、温かさが伝わってくる。

ふぅ、と息を吹きかけてからカップに口をつけたところ、はちみつと果物、そしてスパイスの混ざり合った甘くさわやかな味が口の中に広がった。

喉の奥が、じんわりと温まる。

「美味《おい》し……」

思わずつぶやいてしまい、はっとして隣のベッドを見るが、夫はよく眠っているようだ。

よかった、と今度は心の中でつぶやき、リーネはカップを片手にまた本のページを捲《めく》りはじめる。

うるさくしないように気を遣うなんて、これまでずっとひとりで暮らしてきたリーネからすると信じられないことだった。

だが、わずらわしいとは少しも思わない。

自分以外の人の気配や音がある……それは、しあわせなことなのだ。

夫の寝息、身じろぎした時の衣擦《きぬず》れの音。

気づくと、リーネは夫の立てる音に耳をすましているのだった。


こんなことになるなんて思わなかった。


ただの図書館司書だったリーネが望まれて王妃になったのは、ほんの数ヶ月前。

それも、些細《ささい》な出来事がきっかけだった——

★ ★ ★

数ヶ月前、リーネはまだ独身で、仕事をしつつたったひとりで生活していた。

ひとり暮らしの気楽さのせいか、朝になって目覚めると、いつも胸の上に本が載っている。

「ん……また読んでいる途中で寝ちゃった……」

リーネは眠い目をこすりながら体を起こし、ベッドから下りて顔を洗い、服を着替えた。

シンプルな白いブラウスと、膝下までの長いスカート。どちらも袖や裾に控えめなフリルがあるだけで華やかな装《よそお》いとは言えないが、気に入っている。

それから長い髪をブラシで丁寧に梳《す》き、絡まりやすい猫っ毛をなんとかまとめ、背中に流す。

窓から見える空は今日もよく晴れていて、気持ちがいい。

窓辺に置いてある小さな鉢植えに水をやり、部屋を掃除する。

ひとりがやっと暮らせるこぢんまりとした部屋。家具はベッドと小さなタンス。

そして、生活に必要な細々したものが少し。

リーネの持ち物は、それだけだった。

だけど、不満はない。

なぜならこの部屋は、レニスタ王国王宮の広大な敷地内に建つ王立図書館の倉庫の一角にあり、本好きにとってはこれ以上ない環境だからだ。

リーネの部屋に本棚がないのもこれが理由だった。

なにしろ本はいつでも好きなだけ借りて読めるし、棚がいっぱいになって部屋が本で埋《う》まることもない。

それ以外は特に心躍《おど》るようなこともないが、リーネとしては毎日楽しく暮らしている。

「あ、もうこんな時間」

窓越しに時計塔を見たリーネは、あわてて部屋を出ようとし——すぐに引き返す。そして制服である紺青色《こんじょういろ》のローブを纏《まと》い、鏡でもう一度身なりを確認してから仕事へ向かった。

リーネは、この王立図書館の司書だ。

主に本の整理と修復を任されている。

「おはよう、リーネ」

図書館へ向かう途中、リーネは声をかけられて足を止めた。

「おはようございます」

声の主《ぬし》は先輩司書のトリスタンだった。彼はこの王立図書館の東館にある蔵書二十万冊すべてを把握していると言われていて、まだ若いが皆に一目置かれている。

将来の図書館長候補と目《もく》されている彼は、聡明そうな顔立ちに、ゆるやかに波打つ金髪を肩で整えている。あまり身なりにかまわない司書たちの中で際立った容姿の持ち主だ。

よく気難しそうな顔をしているが、意外と気さくでいつもリーネに挨拶《あいさつ》してくれるのだ。

「なんだ、寝不足か？」

「え、どうしてわかるんですか？」

リーネは目の下に隈《くま》でもできていたかとあわてた。

「眠そうな顔をしているぞ。どうせまた遅くまで本を読んでいたんだろう？」

「はい。修復依頼で預かった本がおもしろくて、つい」

傷《いた》みがひどいものは本職の製本職人が修復するが、ささやかなものは比較的手先が器用な司書がやることになっていて、リーネが担当する機会も多かった。そして、修復をしているとついつい読みふけってしまうのだ。

「その本がおもしろいのも当然だろう。傷《いた》んでいるということは、多くの人が手にとってくれているということだからな」

「そうですね。まだまだたくさんの人に読んでもらいたいですから、丁寧に修復します」

がんばるようにと励《はげ》まされ、リーネはうなずいてトリスタンと別れた。

それからも職場へ向かうまでに何人もの司書とすれ違ったが、挨拶《あいさつ》を返してくれる者もいれば、手元の本を読みながら歩いていて無言の者もいる。

どちらかと言えば後者の方が多い。しかし、リーネとしてはそんなところもこの図書館を居心地よく感じる理由のひとつだった。

ここで働く司書はとにかく変わり者だらけで、リーネが若い娘の身で、王立図書館の隅っこの小さな倉庫を改築して住んでいても特に詮索《せんさく》しない。

そうやって放っておいてもらえると気が楽だった。

なにしろ、これまでのリーネの人生は一言では言い表せないほど複雑だからだ。

まず、リーネは幼くして母を亡くしていた。

さらにその数年後、後妻を迎え妹が生まれた途端、父が急死してしまったのだった。

しかも、それだけでは終わらない。

リーネは、父の後妻であった継母《ままはは》に疎《うと》まれ、貴族の家に生まれたというのに淑女としての教育を受けさせてもらえなかった。しかも、社交界へのお披露目《ひろめ》どころか、年頃になっても結婚話のひとつもすすめられず捨て置かれたのだ。

家に居場所もなく、毎日図書館で本を読んでいたリーネを見かねた親戚が引き取ってくれたのだが、その親戚も老齢で病《やまい》に倒れてしまった。そこに長年放蕩《ほうとう》していた息子が戻ってきて、リーネは財産目当てだと疑われ、身ひとつで追い出されたのだ。

いまさら家には帰れず、父から遺された財産も受け取れないまま、リーネは路頭に迷うところだった。その寸前で、親戚の知り合いだった図書館長が境遇に同情し司書として雇ってくれて、図書館に住むことが許されたのが二年ほど前のことだ。

思い出すのもつらい過去で、誰かに話すつもりはなかった。

せめて仲がよかった妹にまた会うことができれば、と思いつつも、なかなか機会は巡ってこない。寂しくはあるが、いまはこうして静かに暮らしていきたい……それがリーネのささやかな望みだった。

「あ、こんなところに……」

そうして仕事にとりかかったリーネは、ふと目をやった棚に、場違いな本があることに気づいた。

「古地図は西館の所蔵なのに」

植物図鑑の棚に、この国の古い地図をまとめた本が紛れ込んでいるのを見つけたのだ。

リーネは古びたその本を取り出し、まず傷《いた》んだところがないか調べた。

適当に棚に戻されている本は、手荒に扱われていることが多い。

本を読んでいて破ってしまった利用者が、その後ろめたさからこっそり目立たない棚に戻していたりする場合もあるのだ。

「よかった、大丈夫みたい」

リーネはこの古地図を戻しに西館へ向かうことにした。

王立図書館は、昔から蔵書が増えるたびに増築を重ねていて、とても広い。元は中央館だけだったものが東西南北に建て増しされ、さらにそこからも建て増しされているのだ。その複雑な構造は、慣れていないとすぐ迷ってしまうほどだった。

だが、リーネにとってここは家であり、迷うことはない。

真っ直ぐ西館へと続く螺旋《らせん》階段を上《のぼ》ろうとしたところ、本棚の陰でうずくまっている人影を見つけ、リーネは驚いた。

「どうしました？」

あわてて声をかけてみると、リーネの上司であり西館の筆頭司書であるエウロだった。

「リーネか……こ、腰をやってしまった……」

「ええ⁉」

エウロの足元には分厚い辞典が三冊重ねられている。もしかしたら一度に三冊まとめて運ぼうとしたのかもしれない。

「だ、大丈夫ですか？」

顔を上げようとしたエウロが悲鳴を上げる。

「だめだ、動けん」

「待っててください。すぐに誰か呼んできます」

こうなってしまうと歩いて医務室へ向かうのは無理だ。司書の悩みは本の埃《ほこり》と紙魚《しみ》、そしてなにより腰痛だった。慢性のものから、魔女の一撃とも呼ばれる突然の激痛まで、司書と腰痛は切っても切り離せない。

「ちょ、ちょっと待ってくれ、リーネ」

人を呼びに行こうとしたリーネをエウロが引き止める。

「約束があってこれから館長室を訪ねる予定だったのだ……すまないが、人を呼んだ後、おまえは急いでこのことを館長に伝えに行ってほしい。時間がないんだ。事情が事情とはいえ、館長を待たせるわけには……痛《い》ててて」

わかりました、とリーネは請け負った。

「館長に、事情があって行けなくなったとお伝えすればいいんですね？」

「そうだ……動けるようになり次第うかがうと伝えてくれ、うう、悪いな」

責任感の強いエウロのこと、這《は》ってでも行きたいはずだ。

だが、その痛がりようでは……心から気の毒に思う。

「無理なさらず、お大事にしてくださいね」

そう言ってリーネは急いで人を呼びに行き、エウロのことと古地図のことを頼んで、自分は館長室へと向かったのだった。

この図書館の最高責任者である館長の部屋は、見晴らしのいい最上階……ではなく、意外にも薄暗い地下にある。

館長室の奥に、決して陽の光に当ててはならない貴重な蔵書の部屋の扉があるからだ。

地下への階段を下ると、細い通路がいくつも枝分かれしていて迷路のようになっている。その内のひとつを辿っていくと館長室の前にある小部屋が見えてきた。

「おはようございます」

声をかければ、館長の秘書カレヴィオが机から顔を上げる。

「おや、こんなところにめずらしい。どんな用ですか？」

訪問の理由を告げると、リーネは館長室へ通された。受付の奥にもうひとつ扉があり、そこが館長室になっている。

「おはようございます、リーネです」

樫《かし》材の重厚な扉を叩くと、中から入室を許可する声がした。

「失礼します」

館長室の中は、堆《うずたか》く積まれた本の山がいまにも崩れそうになっている。

奥には太い鎖と大きな錠前で厳重に鍵がかけられた錬鉄《れんてつ》製の物々しい扉があり、その扉を背に、館長は番人のように座っていた。

「なんだ、リーネか。エウロはどうした？」

館長は、すでに壮年といっていい年のはずだが、いつまでも若々しい。しかも図書館の館長らしからぬほど筋骨逞《たくま》しく、本よりも剣を手にしている方が似合うと言われていた。

「それが……」

リーネが事情を説明すると、館長の顔が曇《くも》った。

「なるほど気の毒にな。後でよく効く膏薬《こうやく》を届けさせよう」

それから少しの間、今朝の館内の様子などの質問に答えたリーネは、これで用は済んだと館長室を辞そうとする。

「待て、リーネ」

「はい？」

今日はなんだかよく呼び止められる日だと思いながら、リーネは振り返った。

「なんでしょう？」

わざわざ呼び止めたのに、館長は黙ってリーネを見つめている。

「あの……？」

リーネは首を傾げた。館長の様子がいつになく深刻そうだったからだ。

「……エウロの代わりに、おまえに頼みがある」

館長はぐっと机に身を乗り出した。

「実は、エウロにはある方に本を届けてもらおうと思っていたんだ」

それをリーネに頼みたい、と館長は続ける。

「本をですか？　はい、わかりました。どちらにお届けしましょう？」

本を届けるなんて図書館で働いていればめずらしいことではない。なのに、なぜこんなに言い出しにくそうにしているのか不思議だった。

リーネが躊躇《ちゅうちょ》せず引き受けたからか、館長は少し拍子抜けした様子で言う。

「届け先は、きいて驚くなよ……翡翠《ひすい》の塔だ」

リーネはきょとんとして館長を見る。

「翡翠《ひすい》の塔って……どこだったでしょうか？」

王立図書館が建っているのは王宮の広大な敷地の中で、敷地内には王立大学など、他にもいくつも建物がある。その中に、なんとかの塔と呼ばれるものがあったような気がするが、普段、あまり出歩かないリーネにはどんな建物なのか思い当たらなかった。

「そうか、知らんのか。そこは、あのネイラス王子殿下が幽閉《ゆうへい》されている塔だ」

「……ネイラス王子殿下？　幽閉《ゆうへい》？」

あまりに馴染《なじ》みのない言葉に思わずきき返すと、頭を抱えられてしまう。

「まったく、おっとりしているのも考えものだな。世情に疎《うと》いなんてもんじゃないぞ……よくおぼえておくがいい。ネイラス殿下は、先代の国王陛下が身罷《みまか》られた時、王太子である兄君を暗殺しようとした咎《とが》で翡翠《ひすい》の塔に幽閉《ゆうへい》されて……もう二年になる」

そういえば、数年前に王宮でなにか大きな事件があったような、とリーネは思い出した。

だが、同じ敷地内とはいえ、下《した》っ端《ぱ》司書のリーネからすれば王宮は遥《はる》か遠い場所だ。そこで暮らす王族なんて住む世界が違いすぎて、特に興味を持ったこともない。

さすがの司書たちもその事件に関してはなにやら噂《うわさ》していたが、リーネは話に加わらなかったため、詳しい事情は知らなかった。

館長は椅子に座り直して腕を組む。

「ネイラス殿下は大変な読書家でな。幽閉《ゆうへい》されている不自由な身の上ということもあって、この図書館から定期的に本をお届けしている。だが、殿下はご自分ではどんな本が読みたいのか滅多におっしゃらない。なので、私や副館長が選んだ本を届けていたのだが、やはり同じ者が選んでいるとどうしても傾向が偏《かたよ》ってしまってな、少々ご不満らしいのだ」

「それでエウロさんにですか」

そうだ、と館長がうなずく。

「いろんな司書に選ばせれば偏《かたよ》らなくていいだろうと思ったのだ」

なるほど、いい案だとリーネも思った。

自分で本を選ぶのはもちろん楽しいが、似た傾向のものばかり読んでしまうことも確かに多い。たまには人がすすめる本を読んでみると意外な発見があって、また楽しいものだ。

そんなことを考えていて、リーネははたと気づいた。

「え……もしかして、それをわたしが選ぶんですか？」

「そうだ」

やっと気づいたのかとばかりに館長がため息をつき、リーネはうろたえた。

「そ、そんな……わたし……わたしが？」

まさか、と館長の顔を見るが、その表情は至って真面目でとても冗談を言ってるわけではなさそうだった。

とんでもない！　とリーネは叫んだ。

「王子さまがどんな本をお好きかなんて、ぜんぜんわかりません！」

ここまでの話をきいていたのか、と館長が呆れる。

「わからなくていいのだ。殿下のお好みではなく、おまえが好きな、誰かに読んでほしい本をお届けするのだからな」

リーネは頭が真っ白になった。

「殿下は二年もの間、塔の一室でずっと過ごされている。そのお心を我らのような者が推《お》し量《はか》っていいものではないが、変化のない……退屈な日々だと思う。図書館からお届けする本のように、望めばある程度のことはきき入れられるらしいが、なにか思ってもみないものが届く。そんなささやかなことでもそれが殿下の日常には変化となり、慰《なぐさ》めになるのだ」

想像のつかないものが起こす、小さな変化。

それが、代わり映えしない日々に色を添えることもある。

リーネにはよくわかった。

窓辺の小さな鉢植えに花が咲く、それだけでもうれしいものだ。

「……でも、わたしが選んだものなんて、お気に召すわけがないと思うのですが」

「それは王子がお決めになることだ。いいな、今日の午前中、いつもの仕事は置いておいて、殿下にお届けする本を選んでくれ」

そして、午後になったらリーネが塔まで届けるように、と。

「ほ、本当に、わたしが？」

そうだ、いいなと強く念を押され、リーネはそれ以上なにも言えず、館長室からとぼとぼと職場へと戻ったのだった。


館長に言われた通り、リーネは午前中いっぱい悩みに悩んで選んだ本を三冊抱え、翡翠《ひすい》の塔へ向かった。

そして、道に迷いながらなんとか辿り着いた翡翠《ひすい》の塔は、なぜそんな美しい名がついたのかわからない石造りの暗い建物だった。

中へ入るための扉はひとつだけで、衛兵がふたり物々しい様子で両脇に立っている。訪問の理由を告げると、じろじろと見られてから中へ通された。

「図書館の人ね？」

薄暗さに目が慣れない内に声がかけられる。その声の主《ぬし》は意外なことに女性だった。

「は、はい。王子さまに本を届けに参りました」

ようやく目が暗さに慣れると、軍服を着た女性が立っているのがわかった。リーネより少し年上で生真面目な顔つきをしている女性兵士だ。

「あらかじめ連絡は受けているわ。こっちへ来て」

広間の横の小部屋に通されるが、狭い室内には簡素なテーブルがあるだけだった。どうしてこんなところに？　と思っていると扉が閉められる。

その音にどきりとして振り返れば、女性がリーネに近づいて手を伸ばしてきた。

「決まりだから、ちょっとごめんなさいね」

そう言うなり女性はリーネの体をあらためはじめた。

「きゃ……な、なんですか？」

女性は問答無用とばかりに上から下までリーネの体を手で軽く叩き、確認していく。

「身体検査よ。あなたが女性だから非番の私がわざわざ呼ばれたの。男の衛兵にやらせるわけにはいかないでしょう？」

だとしても、説明してからはじめてほしかったと思いつつ、リーネはじっと終わるのを待った。

「うん、本の他にはなにも持っていないわね」

本をテーブルに置いて、と言われその通りにすると、女性が本を三冊ともパラパラと捲《めく》って確かめる。

「はい、これも問題なし」

持ってきた本をまた手渡されてリーネはとまどった。

「あの、わたしは本を届けにきただけなのですけど」

「わかっているわよ。さあ、どうぞ」

女性が扉を開け、手で退室を促《うなが》す。

「あの方の部屋は最上階よ。そこの階段を上《のぼ》ってね」

広間から続く階段が見えたが、リーネは足を動かさずに女性を振り返った。

「ですから、わたしは本を届けにきただけなんです」

女性兵士が腰に手をやり首を傾げる。

「だから、どうぞ」

ふたりはしばし無言で見つめ合った。

「……あの、もしかして、わたしが直接手渡すのでしょうか？」

「もしかしてじゃなくて、そうよ」

あっさりと不安が的中し、リーネはうろたえる。

「そ、そんなことききいてないんですけど」

自分で手渡すなんて想像もしていなかった。

届けるようにとは言われたが、彼女のような衛兵に渡せば済むと思っていたのだ。

「いつも図書館の人は直接手渡しているわ。それが決まりよ」

本を手渡すついでに言葉をかけられることもあるから、そのつもりで、と告げられ、リーネはますますすくみ上がった。

だが、話はまだ続く。

「お話の相手をする時間は、人によってまちまちよ。挨拶《あいさつ》だけで終わる時もあれば、少し長くお話されることもあるわ。図書館の館長さまはよくお話されているみたいね。でも、それを決めるのはあの方よ」

リーネはなぜこんなことになっているのだろう、と気が遠くなった。

ただでさえ持参した本にも自信がないのに。

「どうすればいいかはわかりました。でも、わたしなんかが直接お渡ししていいものでしょうか？」

暗《あん》に、自分は相応《ふさわ》しくないのではないか、と訴えたつもりだった。

しかし、少し間《ま》があり、女性兵士は肩をすくめて言った。

「それは、あの方が決めることよ」


リーネは重い足取りで塔の階段を上《のぼ》っていった。

一体、どうしてこの殺風景な塔に翡翠《ひすい》の名がついたのか本当に不思議だ。そう思いつつ進んでいたリーネは、積み上げられた石のところどころに小さな鳥の意匠《いしょう》が彫《ほ》られていることに気づいた。

小鳥は羽ばたいたり、羽を休めたりしている。

「これって……」

リーネは石に彫《ほ》られた鳥をそっと指でなぞった。

小柄な体に細く長いくちばしの鳥。

「これが塔の名前の由来なのかしら……？」

そんなことを考えていると、ついに最上階に着いた。

殺風景で小さなホールに、分厚そうな扉がひとつだけある。

「あの、図書館の者です。本をお届けに参りました」

おそるおそる声をかけたが返事はない。

本当にこの扉の向こうに王子がいるのか、とリーネは迷った末に取っ手を引いた。

扉が少し軋《きし》んで開き、その先には鉄格子に阻《はば》まれた部屋があった。石造りの室内には不釣り合いなほど豪華な調度が置かれ、床には、繊細《せんさい》で複雑な模様の分厚い絨毯《じゅうたん》が敷かれている。そして、長椅子にひとりの青年がゆったりと体をあずけていた。

彼はリーネに気づいて、顔をこちらに向けてくる。

「おや、見たことのない顔だ……」

目が覚めるほど整った美貌に、艶《つや》やかな銀髪《ぎんぱつ》。夏の水面《みなも》のような青く涼《すず》しげな瞳といい、まるでおとぎ話から抜け出てきた王子さまそのものだった。

呆然としてリーネは動けなかった。

後で思い返してみれば、口をぽかんと開けていたかもしれない。

「図書館から本を届けてくれたのだろう？　わざわざすまないね」

それでもリーネが立ち尽くしていると、ネイラス王子が言った。

「ああ、直答《じきとう》を許すから、君の名前をおしえてくれないか？」

リーネははっとして、あわててぺこりと頭を下げた。

「……王立図書館司書のリーネと申します」

王子がリーネの名を声を出さずに復唱し、目を細める。

そんな些細《ささい》な仕草も謎めいている。ただそこにいるだけでも人を惹《ひ》きつける圧倒的な魅力に、リーネはいつになく乙女心が刺激され、そわそわするのを感じた。

しかし、とにかく本を渡さなければ、と我に返る。

「あ、あの……きゃ」

手が震え、持っていた本を取り落としそうになってリーネは焦った。

「も、申し訳ありません」

あまりにみっともなかったからか、くすりと笑われた気がする。

「そんなに畏《かしこ》まることはない。僕はいま、ただの……囚われの咎人《とがにん》だからね」

思わせぶりな口調には、ほんの少し皮肉が混じっていて、リーネは手にしている本をぎゅっと抱きしめた。

「随分怯えているね。飢《う》えた野獣のような男がいるとでも思っていたのかな？」

「い、いいえ……っ」

その声も震えてうわずり、くすくすと笑われる。やさしげでおだやかな口調と振る舞いは、飢《う》えた野獣どころか優雅な貴公子だ。

鉄格子の向こうで足を伸ばして長椅子に座る王子は、退廃的な絵にも見えて、そこに荒《すさ》んだ雰囲気はまったくない。

幽閉《ゆうへい》されていることへの鬱屈《うっくつ》も感じさせず、ましてや実の兄を暗殺しようとしたなんて、とても思えなかった。

だからこそ、どこか底知れぬ凄《すご》みがある。

「それで、本を持ってきてくれたのだろう？」

「は、はい。あの、どうすれば……」

リーネはとまどった。

鉄格子の隙間はあるが、そこから差し入れて渡すのは失礼な気がしたのだ。

「扉の横に蓋《ふた》があるだろう。小さな物のやりとりはそこからすることになっている。それを開けてテーブルに本を置いてくれないか？」

「は、はい。それでは……」

リーネは言われた通りに鉄格子に近づいた。鉄格子の扉の横にある蓋《ふた》を開けると本が一冊入るくらいの隙間があり、そこから本を入れればテーブルの上に置かれることになる。

三冊の本を置く間、じっとネイラス王子に見つめられて、リーネは手が震えてしまう。

「これでよろしいでしょうか？」

まだなにか話しかけられたらどうしよう、とリーネは内心気が気でなかった。

なにしろ、リーネも一応貴族の出身だが、これほど身分の高い相手と接したことは一度もなく、どんな言葉を交わせばいいのか想像もつかない。

リーネの不安をよそに、王子はあっさりと言った。

「ありがとう。もう戻ってくれてかまわないよ」

一瞬呆気にとられたものの、リーネはすぐさま居住まいを正して頭を下げた。

「はい、それでは失礼します」

扉を閉める際に、ちらりと王子に目をやったが、彼は本を手にするわけでもなく長椅子でなにか考え込むような顔をしていて、すでにリーネに注意を払っていなかった。

扉を閉め、リーネはほっと息をつく。

なんだか夢から覚めたみたいだった。

さんざん心配したけれど必要以上に話しかけられることもなかったし、そもそもあんな雲の上の人が自分に興味なんて持つわけがない。

そう思いながら、リーネは来た時とはまったく逆で、足取りも軽く図書館へ戻ったのだった。


王子に本を届けた次の日から、リーネの日常にも少し変化があった。

西館の責任者であるエウロの不在だ。

腰を痛めてしまった彼の療養《りょうよう》は思ったより長引いて、職場は混乱していた。リーネもいつもより忙しく本棚の間を行き来しているうちに、翡翠《ひすい》の塔へ行ったことは夢だったかも、くらいに思っていた。

そんな時、わざわざ館長秘書のカレヴィオがやってきた。

館長がリーネを呼んでいるのだそうだ。

「な、なんの用でしょう？」

とはいえ、思い当たることはひとつしかない。

あの塔に幽閉《ゆうへい》されている美貌の王子のことだ。

だが、カレヴィオはのんきに頭を掻《か》くばかりで、どんな用で呼んでいるかは知らない、と言う。

「まあまあ、行ってみればわかりますよ」

なるべく急いでくれと言い残し、カレヴィオは久しぶりに外の新鮮な空気を吸いたいと、さっさと背を向けて行ってしまった。

リーネは呆然とその後ろ姿を見送っていたが、はっと我に返り、地下の館長室へ急いだ。

そして、そこで思わぬ話をきいたのだった。

「え……また、わたしに……？」

信じられずにとまどっていると、館長が顎《あご》をゆっくり撫《な》でながら言う。

「そうだ。王子のご希望だ」

ネイラス王子が自分を呼んでいるなんて……

てっきり王子から本が気に入らなかったと通達があり、館長に叱られるのだと思っていたのに。

「そ、それって、この前お届けした本がお気に召さなかったことを直接わたしに伝えたいとか、そういう意味なのでしょうか？」

なぜそんなことを、とリーネも疑問だったが、きかずにはいられなかったのだ。

館長は少し考えてから首を捻《ひね》った。

「そこまではきいておらん」

リーネは思わず不満の声を漏《も》らしてしまいそうになったが、すんでのところで呑み込んだ。館長は眉を寄せてリーネを見る。

「なんだ、行ってみればわかることだろう？」

「それは……そうですけど」

再びあの王子の前に出なければならないのかと思うと不安だった。だが、そんなリーネの気も知らず、館長は言った。

「とにかく頼んだぞ」

断るわけにもいかず、リーネはそのまま翡翠《ひすい》の塔へ向かうことにした。

まったく気が進まず、何度もため息をつきながら。

地下のある中央館から翡翠《ひすい》の塔へは、東館を通っていくのがいちばんの近道だった。そこを通り抜けようとしていると、ふいに名を呼ばれる。

「リーネ」

足を止めたところ、トリスタンだった。

「どこへ行くんだ？」

「えっと……」

リーネは一瞬躊躇《ためら》った。

王子の件は、特に誰からも口止めはされていない。

それに、トリスタンならば王子について話しても誰かに吹聴《ふいちょう》して回る心配はないし、王子のことを詳しくおしえてくれるかも、と思った。

なにしろ、彼は世間知らずのリーネと違い、図書館の外で起こったこともよく知っている。

「あの、ちょっとうかがいたいんですけど、ネイラス王子ってご存じですか？」

思ってもみない話だったのか、トリスタンが少し意外そうな顔をした。

だが、無駄を嫌う彼はすぐに答えてくれる。

「ああ、もちろん。現国王の弟君で、王位を狙った反逆者として幽閉《ゆうへい》されている身の上のはずだ」

「それ以外で、なにかご存じないですか？」

かすかに眉を寄せて訝《いぶか》しげな顔をしたが、トリスタンは丁寧におしえてくれた。

「そうだな。頭脳明晰《ずのうめいせき》かつ剣の腕も確かで、語学にも堪能《たんのう》だときいたことがある。それくらいか……いや、あとは、すでに亡くなられているが母君は絶世の美女と謳《うた》われていたな」

「絶世の……」

なるほど、それもうなずける。

ネイラス王子の美貌は、母親譲りなのだろう。

兄君とは異母兄弟になる、ともトリスタンは説明してくれた。

「そのネイラス王子がどうかしたのか？」

すでに表舞台から退《ひ》いた方になんの興味がある、と問われ、リーネは口ごもった。ここで、なんでもないと答えればトリスタンもそれ以上詮索《せんさく》してこないはずだと思ったが……見ると彼が心配そうにしているし、リーネも胸のつかえを感じている。こんなことは久しぶりで、耐えられずつい話してしまう。

「実は……」

リーネが話し終えると、トリスタンは少し思案してから口を開いた。

「わざわざ本がつまらなかったという苦言のために呼びつけるとは思えないな」

「そうでしょうか？」

いくら時間を持て余していても、高貴な生まれの人間がそんな些末事にこだわるとは考えられない、とトリスタンは言った。

「本の続きを催促《さいそく》するおつもりかもしれないぞ」

「それが、続編のある本を届けたわけではないのです」

リーネ自身、本を届けるのはこれきりだと思っていたので上下巻などの構成のものは避けたのだ。

「とにかく行ってみるしかないな。なんなら私が代わりに行ってやってもいいが、どうする？」

先日だってエウロが腰痛で行けなかったのだ。

なにか理由があれば代わりの者が行っても咎《とが》められないだろう、とトリスタンは言う。

確かに、本の知識はリーネよりトリスタンの方がずっと豊富だ。彼に行ってもらった方が、結果として王子も満足されるのでは、とも思えた。

ただ、そんなトリスタンは当然他の司書から頼りにされていて忙しい。下《した》っ端《ぱ》のリーネの代わりをしてもらうわけにはいかない。

「ありがとうございます。でも、やっぱり自分でうかがってきますね」

「まあ、その方がいいだろうな。気をつけて」

そうしてリーネはトリスタンと別れた。

本を選んでから翡翠《ひすい》の塔を訪ねると、前回と同じくあの女兵士が迎えてくれた。

「また来たのね。私は、ローラ。この前は名乗るのを忘れていたわ。よろしくね」

「……リーネです」

よろしく、と言われても、今度こそもうここへくることはないはずだ。

「この前あっさり帰されたようだったから、二度目はないと思ってたわ」

「わたしもそう思っていたんですけど……」

話しながら、この前と同様に体をあらためられた。本以外なにも持っていないことを確認され、階段へと促《うなが》される。

「気が重そうね？」

「そ、そんなことは……！」

あわてて否定したものの、リーネの顔にははっきり嫌だと書いてあるに違いない。

「どうしてそんなに気が重いのか、わからないわ。実は私も何度かお会いしたことがあるけど……とても素敵な方じゃない？」

「は、はあ……？」

リーネのぼんやりした反応にローラが呆れた顔をする。

というのも、リーネは同じ年頃の娘と、誰それが素敵なんて話をしたことがなくてぴんとこなかったのだ。

話にならなかったからか、ローラはそれ以上引き止めることはしなかった。

リーネは重い足取りで階段を上《のぼ》って、もう二度と目にすることはないと思っていた扉を開ける。

「やあ、よく来てくれたね。待っていたよ」

この前とは違い、ネイラス王子は鉄格子に背をもたせかけて立っていた。しかも、機嫌がよさそうで、まるでリーネと会うのを楽しみにしていたと言わんばかりの様子だ。

「よかったらそこの椅子に腰掛けるといい。少し話がしたいんだ」

「は、はい……」

先日は気づかなかったが、扉の横には小さな椅子が置いてあった。

おそらく面会を許された者が座るのだろう。

リーネはぎこちなく畏《かしこ》まって椅子に座り、鉄格子の向こうのネイラス王子を見た。

王子も長椅子に腰掛けたものの、先日のように気怠《けだる》げに足を伸ばしてはいない。

「君をまた呼んだ理由はわかっていると思う」

やっぱり、とリーネは首をすくめた。

自分の選んだ本が気に入らなかったという話なのだ。

「それできたいんだ。どうして僕にこの本を選んで届けたのか」

王子が手にしている本を見て、リーネはあわてて頭を下げた。

「も、申し訳ありません……っ」

しばしの沈黙の後、王子の声がする。

「なぜ謝る？」

「それは……」

リーネはおそるおそる顔を上げた。

「おとぎ話なんて、小さな子が読むものだとお気に障《さわ》ったのでは……」

王子が持っている本をパラパラと捲《めく》り出す。

「気に障《さわ》ったわけじゃない。どうして君がこの本を選んだのか知りたいだけだよ。これを選んだということは、君は僕について詳しく知っているか……または、まったく知らないのか」

「え……？」

なにを言われているのか、よくわからない。

「いや、いいんだ。それで、どうしてこの本を選んだのかな？」

リーネはおずおずと話しはじめた。

「その本は、わたしも最近読んだものです。とてもかわいらしくて楽しい冒険物語で……主人公は小さな王子さまですが、だから選んだわけではないんです」

それは最近図書館に寄贈《きぞう》された本で、持ち主が亡くなって、家族が家に残されたたくさんの蔵書を捨ててしまうのは忍びない、と持ち込んだのだ。図書館では市民からの寄贈《きぞう》を受け付けていて、リーネも今回の大量の蔵書の選定にかかわった。その中で見つけた本が、いま王子が手にしているものである。

ふと気になって読んでみたところとてもおもしろく、夢中で読んでしまったが、なぜか本には作者の名前がなかった。そういう本は図書館に置いておけないことになっていて、処分の対象だったのだ。捨ててしまうのなら、と譲り受けたけれど、こんなに素敵な話なのに図書館に置いて多くの人に読んでもらうことができないなんて、とても残念に思っていた。そんな時、王子のために好きな本、誰かに読んでほしい本を届けるという役目を仰《おお》せつかり、ついその本を選んでしまったのだ。

「……というわけなのです」

話し終えても王子はしばらく黙って本を眺めていた。

「そうか……この本の持ち主は亡くなったのか」

しみじみとした声に、リーネも少し悲しくなった。面識がなくとも、その蔵書を見ればなんとなく人となりがわかるからだ。

「はい。その方は、蔵書からすると草花や動物がお好きで、図鑑や画集など、遠い異国の本も集めていらしたようでした」

きっと自然を愛するやさしい人だったのだと思う。

「なるほど。そんな本の中にこれはあったのか……とてもおもしろかったよ」

リーネは驚いた。

「読んでくださったのですか？」

「もちろん」

王子が微笑み、リーネはほっとする。

「心が洗われるような物語だったよ。小さな王子は勇敢で心やさしく、敵にも情けをかける。冒険の舞台は不思議な国で描写が美しかったね。そして、相棒の妖精との友情には胸が熱くなった」

「そうなんです！　あの妖精が王子さまのことを庇《かば》う場面は、わたしも泣けて……」

思い出して目が潤《うる》んでしまい、リーネははっとした。王子はそんなリーネを微笑ましそうに見ている。

「も、申し訳ありません」

あわてて目元をこすったが、恥ずかしくて頬が熱い。

「いや、僕も夢中で読んだよ」

そうして、しばらくふたりは小さな王子の冒険譚《ぼうけんたん》の感想に花を咲かせた。リーネにとってそれは、久しぶりの楽しいひと時だった。

ふいに会話が途切れ、王子がじっとこちらを見つめていることに気づき、なんだかどぎまぎしてしまう。

そこでリーネは思いついた。

「あの、よろしければ、その本は差し上げます。とても気に入ってくださったようですし」

「え？」

王子は驚いた顔で手にした本を見つめていたが、ふっと微笑むと椅子から立ち上がった。

そして、鉄格子に近づいてきてその隙間から本を差し出す。

「いや、これは君が持っている方がいい。いまの持ち主は君だ」

リーネはあわてて立ち上がり本を受け取った。

鉄格子の間隔は意外と広く、手を伸ばせば王子に触れられるだけの隙間がある。

離れて見る限りでは一枚の絵のようだったが、間近で見るネイラス王子はしっかりとした男らしい体格で、存在感のある青年だった。リーネは背の高い彼を見上げる。

「リーネ」

「は、はい」

「あとの二冊はまだ読んでいないんだ。何度もその本を読んでいたからね。だから、よかったら後日また本を届けてくれないか。それまでに二冊とも読んでおくよ」

「かしこまりました」

リーネは大事に本を抱えて王子の部屋を後にしようとした。一礼して扉を閉める時、ネイラス王子が声をかけてくる。

「ところで、君はこの塔がどうして『翡翠《ひすい》の塔』と呼ばれているか知っているかい？」

思いがけない問いに、リーネは一瞬とまどった。

「あの、存じませんが、もしかして『翡翠《ひすい》』とは『カワセミ』のことでしょうか？」

水辺に棲《す》み、美しい光沢の羽を持つカワセミは、別名翡翠《ひすい》とも呼ばれている。

石に彫《ほ》られている小さな鳥の特徴とも一致していると思う。

そうリーネが説明すると、ネイラス王子が感心したように声を上げた。

「君の言う通りだ。随分昔の話だが、この国の王が、ある朝起き抜けに、夢で『翡翠《ひすい》の塔』を造れという神託がくだったと言い出したらしい。当然、家臣たちは困惑したが、王は暴君で逆らえる者はいなかった」

宝玉の翡翠《ひすい》で塔を造るとなると、莫大な資金が必要となる。そうなれば、王は国民に重税を課すに違いない。

そんなことはさせられないと王妃が提案した。

その翡翠《ひすい》の塔を私が建てて王を驚かせましょう、と。

もちろん、家臣たちは反対した。

翡翠《ひすい》で塔が建てられなかった場合、心やさしい王妃の命があぶないからだ。

だが、家臣たちが止める中、王妃は塔の建設に着手した。完成するまで王の目に触れないように、塔は王宮から少し離れた場所に建てられた。

そうして出来上がった塔は、石造りの地味なものだった。

王は塔を見て激怒し、王妃に詰め寄ったが、王妃は塔の中に彫《ほ》られた小鳥を指さして言った。

ちゃんと翡翠《ひすい》の塔を建てました、と。

毒気を抜かれた王は、王妃が機転を利かせて国民を重税から救ったのだと気づいた。それ以来、王は自《みずか》らをあらため善政を敷くようになったという。

「そんないわくがあったのですね……」

リーネはこの部屋にもカワセミの彫刻があるのかとさがしていたところ、ネイラスに見つめられていることに気づいた。

「あ、あの、それでは、もう失礼します」

ネイラスはうなずき、気をつけて帰るように、と言った。

「次も楽しみにしている」

どきりと動揺してしまって、リーネはなにも答えずそのまま扉を閉めた。

前回訪れた時に感じた、夢を見ていたような気持ちがまだ続いている。その証拠に足取りがふわふわと軽い。

リーネは、手にしていた本をしみじみと眺めた。

これを届けてよかった。

この時はそう思っていた。


それから、三日おきにリーネは翡翠《ひすい》の塔に通うことになった。

いつも持っていく本は三冊。

訪ねる度《たび》にネイラス王子は届けた本をちゃんと読んでくれていて、その感想についてしばらくリーネと話をするようになっていた。

はじめて訪ねた時のことが嘘みたいに、リーネもネイラス王子に本を届けることが楽しくなり、待ち遠しくなるほどだった。

なにしろ彼は本を丁寧に読み込んでいるし、話も上手い。

王子の謎めいた印象が薄れ、打ち解けていたリーネはすっかり忘れていた。

彼が、罪を犯し幽閉《ゆうへい》されている身だと。

「また塔へ行くのか?」

その日も塔へ向かっていたリーネが足を止めて振り返ると、そこにはトリスタンが立っていた。

「はい。今日は以前トリスタンにすすめられた神話の本をお届けしようと思っています。あと、めずらしく王子の方から読みたいという本を指定されました」

手にしていた本を見せると、トリスタンが複雑な顔をした。

「感心しないな」

リーネは意味がわからず首を傾げる。

「なにがですか？」

「王子は幽閉《ゆうへい》されている身だ。自由に外へ出られないんだぞ」

「はい。お気の毒です」

だから本を届けているのだ。

すると、トリスタンは少し躊躇《ためら》ってから言った。

「ネイラス王子は、おまえに……」

そこまで言葉にしたトリスタンはあきらめた様子で口をつぐむ。

「トリスタン？　あの、わたしがどうかしましたか？」

彼はじっとリーネを見つめていたが、ふいに目を逸らした。

「いや、いい。きっと長く続くことではないだろうから」

そうつぶやいたトリスタンは挨拶《あいさつ》もなく立ち去り、リーネはなんだか自分が悪いことをしてしまったような気になった。

いつもと違うトリスタンをこのままにしておいていいものか迷ったものの、約束の時間まであまり間《ま》がない。リーネは後ろ髪を引かれながらも翡翠《ひすい》の塔へと急いだ。

そして、この日はネイラス王子も普段と様子が違っていた。

リーネが扉を叩いて声をかけても返事がなかったのだ。

とはいえ、下で対応してくれたローラも特になにも言っていなかったし、当然幽閉《ゆうへい》の身である王子が不在なわけはない。

「あの、失礼します、殿下？」

リーネが扉を開けると、大抵ネイラス王子は長椅子に座っている。だが、今日、王子は鉄格子の嵌《は》まった窓辺に立って外を見ていた。

「殿下……」

その背中にどこか緊張している気配を感じ取って、リーネは戸惑ってしまう。

どうしていいかわからず立ち尽くしていたところ、ふいにネイラス王子が振り返った。

「ああ、君だったか」

「は、はい。申し訳ありません。何度か声をおかけしたのですが……あの、お邪魔だったでしょうか？」

他に訪ねてくる者がいるかのようなネイラスの口ぶりに、なぜか胸がざわついた。

「いや、そんなことはないよ」

そう言いながらも、ネイラス王子はどこか上の空《うわのそら》で、リーネはますます不安になる。いつもなら王子はまずリーネにたわいのない図書館での出来事を尋ねていたが、それもない。

「あの、ご所望の本をお持ちしました」

「ああ、ありがとう」

先日ネイラス王子に頼まれていた本を、リーネは持ってきていた。それは、このレニスタ王国から遠く離れた南の地方で話されている難解なペイラル語の辞書である。少し意外な気がしたが、トリスタンも王子は語学が堪能《たんのう》だと言っていたし、純粋に興味があるのだと思っていたのだ。

王子が鉄格子に近づいていきたので、いつも通りにリーネは本を手渡そうとした。すでに直接手渡しするようになっていたからだ。

しかし、いつまで経ってもネイラスは本を手に取ろうとしない。

「……あの、殿下?」

心配になって王子に視線を向けると、いつになく険《けわ》しい顔をしている。再び呼びかけたところ、はっとしてリーネを見た。

「……すまない、少しぼんやりしていた」

「ぼんやりされることなんて、あるんですね」

意外だった。ネイラス王子は思慮深く、常に冷静に物事を見ている様子に見えるからだ。

「たまにはね」

でも、と彼は続けた。

「なにもかも忘れてずっとぼんやりしていようと思った時もあったけど、僕には向いていなかったみたいだ、残念なことにね」

「え？」

意味がわからずリーネはきき返したが、ネイラス王子は曖昧《あいまい》に微笑むだけだった。そんな彼に、リーネは今度こそ本を手渡そうとする。

だが、ネイラスはそれを受け取らず、鉄格子の向こうから手を伸ばしてリーネの頬に触れた。

「リーネ」

「え……」

思ってもみない彼の振る舞いに、リーネは息を呑んだ。

「君は、この鉄格子の隔《へだ》たりがなかったら、と考えたことはあるかい？」

「え？　あ、あの、どういうことでしょう……？」

質問の意図がわからずおろおろするリーネにネイラスが言った。

「僕は最近よく考えるんだ。君がここに来るようになってから……」

リーネはただ、ネイラスの憂《うれ》いを帯びた顔を見つめ返すことしかできずにいた。

「君はきっと僕に時を告げに来たのだろう」

彼はそっとリーネの頬から手を離し、代わりに受け取った辞書をかかげてみせる。

「辞書をありがとう、リーネ。それじゃあ、また」

すぐに辞書で調べたいことがあるからと、リーネは早々に退室を促《うなが》された。

少し近くなったと思っていたネイラス王子との距離がまた遠くなった気がして、リーネは一抹《いちまつ》の寂しさを感じたのだった。

それから、次にネイラス王子のもとへ本を届ける三日後まで、リーネはなんだか落ち着かない気持ちで過ごし、気もそぞろに本を選び、その日が来るのを待った。

そして、三日ぶりに翡翠《ひすい》の塔を訪ねると、入り口にいつもいるふたりの衛兵の姿がない。

「どうしたのかしら……」

交代の時間だろうか。

だが、ここに誰も立っていなかったことは一度もない。

普段と違う様子に、なんだか嫌な予感がしてリーネは塔を見上げた。

リーネの不安な気持ちを表すように、空はどんよりと曇《くも》っている。

そして塔の中に入ると、辺りは静まり返っていて、いつも出迎えてくれるローラの姿もなかった。

「あの……誰か……」

声をかけても返事はない。

いよいよリーネは心細くなって、ネイラス王子のもとへと続く階段を駆け上がった。

「あ……っ！」

途中、足がもつれて転んでしまったが、リーネはすぐに立ち上がり最上階へと急ぐ。

息を切らしながら最後の段に足をかけると、いつもは閉まっている楡《にれ》の木の扉が今日に限って少し開いているのが目に入った。

「ネイラス殿下」

こんなに乱暴に扉を開けたのは生まれてはじめてだった。

大きな音がしたが、それも虚《むな》しく冷たい石造りの壁に吸い込まれて消えていく。

扉を開け放ったまま、リーネは立ちすくんだ。

「そんな……」

鉄格子の扉が開いていて、ネイラス王子の姿はどこにもない。

がらんとした室内の絨毯《じゅうたん》の上に、ページがバラバラになった本が散らばっているだけだ。

リーネはふらふらと鉄格子の中へ足を踏み入れた。

「ネイラス殿下」

何度呼んでも返事はないし、王子の姿もない。リーネは足元に目を落とした。

「ペイラル語の辞書が……」

呆然としたましゃがみ込み、足元に散乱するページをかき集める。

「これ……」

ページだけではなく、辞書の背表紙が無残に破られてしまっていた。

「なんてことを……」

ネイラス王子の仕業《しわざ》なのかと思うと、胸がするどく痛んだ。だが、まさかあんなに本が好きな彼がこんなことをするはずがない、と信じられない思いも捨てきれない。

一体、ネイラス王子になにがあったのか。

この様子では、穏便に幽閉《ゆうへい》が解かれたとは考えられないが、リーネに事情などわかるはずもなかった。

なにが起こっているのかも、これからどうすればいいのかもわからない。

まるで悪夢の中に取り残されたようだった。

リーネはふらりと立ち上がり、一枚残らずかき集めたページを手に、誰もいなくなった翡翠《ひすい》の塔から逃げるように立ち去った。

そして、その日の夕方、ネイラス王子が幽閉《ゆうへい》されていた塔を脱出し、兄である国王とその王妃を武力で廃して王位についたことを、リーネは図書館で知ったのだった。

★　★　★

浮き世離れしている司書たちも、さすがに今回の事件は衝撃だったのか、もう半月も経ったというのに、いまだにあちこちで噂《うわさ》話を交わしている。

司書たちだけではない。

国中がこの話で持ちきりだ。

リーネは、そんな騒ぎから遠ざかるようにひとり図書館の修復室にいた。

手にしたペイラル語の辞書を見つめ、ため息をつく。

最後にネイラス王子と会ったあの時、彼の様子がおかしかったのは、きっと水面下で進んでいた王位簒奪《さんだつ》計画に気を取られていたのだ。

そして、リーネにはなにも知らせず計画を実行した。

もちろん、事前にリーネに知らせる必要などあるわけがない。計画が漏《も》れないように細心の注意を払っていたはずだし、危険はおかせないのだから。

リーネは手にした辞書をそっとテーブルに置いた。

すっかり日が暮れていて、もう図書館に人影はない。

ペイラル語の辞書はひどくバラバラになってしまっていたが、なんとかページを綴《と》じ、背表紙にも新しい紙を貼り直した。

辞書を見つめ、リーネはまたため息をつく。

本の修復は五日ほどで終わったが、取りかかるまでに時間がかかった。しかも、いつもならきれいに修復が終わると、本を生まれ変わらせたような清々《すがすが》しい気持ちになるものだが、今回は修復した辞書がなんだかよそよそしく見えてしまう。

「リーネ」

ぼんやりとしていたところ、控えめに声がかけられた。

顔を上げるとトリスタンが少し離れたところに立っている。

「……その、大丈夫か？」

なにが、とは口にはしなかったし、リーネも問わなかった。ただ力なく微笑み椅子から立ち上がる。

トリスタンは、あの日からリーネに対して一定の距離を置いている。

きっと、彼は知っていたのだ。

ネイラス王子がいずれ王位を簒奪《さんだつ》するため、雌伏《しふく》してその時を待っていたことを。

そして、近く王子がリーネの選んだ本を読むことがなくなることも、親しく言葉を交わすことがなくなることも、トリスタンは知っていたのだ……

「今日はもう失礼します。お疲れさまでした」

リーネはペイラル語の辞書を、修復が終わった本を入れる棚に置き、トリスタンに頭を下げた。

彼はまだなにか言いたそうだったが、それ以上声をかけてくることはなかった。

食事もとらずにリーネは部屋に戻り、灯《つ》りを点けるのも忘れたままベッドに座る。

あれからずっと心に穴が空《あ》いたようだ。

なにも手につかず、仕事も失敗ばかり……

疲れだけが体に残っている。

こんなことではだめだと、自分でもわかっているのに。

「そろそろ寝ないと……」

リーネは服を着替えるためにのろのろと立ち上がった。

すると、扉が控えめに叩かれる音が響く。

「……？」

はじめは気のせいだと思った。

こんな時間にこの部屋を訪ねて来る人などいないからだ。

まさか幽霊？　とぞっとしたが、ここにひとりで住むようになった二年の間、一度もそんなものの気配を感じたことはない。

もしかして泥棒かもと考えた時、今度はひそひそと声がきこえてきた。

「こちらは、リーネ・エイベルさまのお住まいでしょうか？」

「え……」

幽霊でもなく、泥棒でもない。

だが、誰が訪ねてきているのか、まったく心当たりはなかった。

おそろしくなったリーネは息をひそめてやり過ごすことにした。

灯りも点《つ》けていないし、なによりここは倉庫だ。誰かが住んでいるなんて気のせいだと思って帰ってほしい。

そう必死で願ったが、また声がきこえてくる。

「どうかここをお開けください。中にいらっしゃるのはわかっています。開けてくださらないと、少々乱暴なことをしなくてはなりませんので」

外からの声がなんとも物騒なことを言い出して、リーネはぎょっとした。

迷ったものの、このまま扉をぶち破られてはかなわない。

リーネはおそるおそる扉に近づいて尋ねた。

「あの……どなたですか？」

あやしい者ではございません、と声が返ってくるが、とても信用できない。

「どうか、まずはここをお開けください」

このまま扉を挟んで押し問答をしても帰ってくれるとは思えず、仕方なくリーネは扉をほんの少しだけ開けた。

すると、そこには王宮の衛兵と似ているが、さらに飾りが目立つ服を着た青年が立っていた。

「リーネ・エイベルさまですね？」

愛想よく青年が微笑む。

「は、はい。そうですけど」

なぜこの青年は、普段は名乗ることのないリーネの家名を知っているのか。まじまじと彼の顔を見たが、おぼえはない。

青年はリーネの様子にはかまわず、にこにことしながらうやうやしく腰を屈《かが》めた。

「私はアレシュと申します。お迎えに上がりました、リーネ・エイベルさま。どうか私とともにおいでください」

さらに続く言葉にリーネは耳を疑った。

「この国の新たなる国王、ネイラス陛下が、王宮にあなたをお召しです」

そして、あのペイラル語の辞書を持参してほしいのだとか。

「辞書を……」

リーネの胸が切なく疼《うず》いた。

あの日、無残に捨て置かれていた辞書。

あの時のバラバラになっていたページが、リーネの心の中でまたひとつにまとまりはじめたように思えた。


そして辞書を手にしたものの、リーネは迷っていた。

だが、リーネを迎えに来たアレシュと名乗った青年は、にこにこしているくせになんとも強引だった。

有無を言わさずリーネを馬車へ押し込み、王宮へと連れ去ったのだ。

同じ敷地内とはいえ、図書館と王宮はかなり距離がある。

リーネは馬車の中で説明を求めたが、アレシュにのらりくらりとかわされてしまった。

そして連れて行かれたのは、壮麗な王宮の中の広くて豪華な一室。

天井から下がるシャンデリアが眩《まぶ》しいくらいキラキラしていて、美しい調度の数々を輝かせていた。

さらにテーブルの上には色とりどりのお菓子が山と並んでいる、夢みたいな場所だ。

落ち着かずにきょろきょろとしているリーネのもとに、何人もの女性が突然押しよせてきて、よってたかって鮮やかな色合いのドレスに着替えさせる。また、彼女たちはいつもは自然に背へ流している髪を複雑に結い、飾り立てていった。

どんなにやめてほしいと言ってもきく耳を持たなかった彼女たちは、やがて来た時と同様に嵐のごとく去っていき、後には呆然と立ち尽くすリーネだけが残された。

「う……」

無理矢理着せられたドレスは、日頃着ている簡素なものと違い、あちこち締めつけられて息をするのも苦しい。

なんとかゆるめられないかとひとり四苦八苦していると、アレシュがやってきた。

「これはこれは、とてもよくお似合いですね」

きき慣れない褒《ほ》め言葉がいつまでも続き、リーネは途中でよくわからなくなったくらいだ。

「さて、一息入れてはいかがです？　お茶でもいれましょうか？」

リーネは首を横に振る。

「いいえ、結構です。それよりわたしを図書館に帰してください」

「そうおっしゃらずに、せっかく来たんですから、お菓子でも」

美味《おい》しいですよ、とすすめてくるが、こんな慣れないところではお菓子やお茶が喉を通るとは思えなかった。

「……だったら、勝手に帰ります」

リーネが踵《きびす》を返すと、お茶をいれていたアレシュがポットを置いた。

「お帰りになるのですか？　もうすぐ国王陛下がここへいらっしゃるのに？」

ぎくりとリーネは足を止める。

ネイラス王子がここへ……

リーネは胸元を押さえた。

こんなに胸が苦しいのはドレスのせいか、それとも彼に対する複雑な思いのせいか、わからなくなる。

「ああ、話をすれば、いらっしゃったようですよ」

「……っ」

逃げ出したいが、足が震えて動かない。

そうこうしている間に、両開きの大きな扉が開かれ、リーネは息を呑んだ。

堂々と、ネイラスが歩いてくる。

鉄格子の中ではないところで自由に振る舞っている姿は、以前とは印象が違って見えた。圧倒的な存在感と自信に満ちあふれていて近寄りがたい。

しかし、リーネへの口調は相変わらずやさしかった。

「突然呼び立ててしまってすまなかったね、リーネ。来てくれてうれしいよ。アレシュは僕の側近だが、ここまでなにか失礼なことはなかったかな?」

リーネはついアレシュに目をやった。

部屋から出てこなければ少々乱暴なことをすると脅《おど》してきたアレシュに腹が立たなかったと言えば嘘になる。だが、そんなことはもうどうでもいいし、当の本人も涼《すず》しい顔をしていた。

「いいえ。あの……もう一度、お会いできてよかったです、陛下。でも、もう帰りたいのです。どうかわたしを図書館へ帰してください」

ネイラスが優雅に一歩近づいてくる。

「そうだ、辞書は持ってきてくれた？」

「は、はい」

リーネが持参した辞書を差し出すと、ネイラスがそれを手に取った。

「元通りになっているね」

リーネが丁寧に修復したからだ。

「本当にすまなかった。あの塔から抜け出すために、この辞書にはひどいことをしてしまった」

辞書の背表紙に、ネイラスを塔から脱出させるため、小さなナイフが隠されていたのだとか。

「時間がなくてね、あんな乱暴な真似をして申し訳なかった。これは僕が引き取って、図書館には新しいものを寄贈《きぞう》しよう」

リーネは力が抜けそうになった。

これが王宮に呼ばれた理由だったのだろう。

役目は終わった。わざわざドレスに着替えさせられたのも、きっと国王に謁見《えっけん》するにあたって失礼のないようにするためだったのだ。

「それでは、わたしはこれで……」

リーネは深々と頭を下げた。

もう帰してもらえる。ネイラスに会うことは二度とない。

だが、彼は開いていたペイラル語の辞書をぱたりと閉じて、首を横に振った。

「だめだね。もうあんなところに君をひとりで置いておけない」

あまりにも唐突な言葉で、リーネは理解できなかった。

「どういう……ことですか？」

とまどうリーネにネイラスが微笑む。

「もちろん、君が僕の運命を変えた人だからだ」

「運命？」

まさか、とリーネは思った。

そんな重いものを自分がネイラスにもたらしたとはとても考えられない。

「君が本を持って現れなかったら、いまでも僕はあの塔にいただろう」

手にしていた辞書を、ネイラスがそばのテーブルの上に置く。

「リーネ」

ネイラスがそっとリーネの手をとり、その指先にくちづけた。

「君は今日からここに住むんだ。僕の妻として、王妃としてね」

リーネは驚きのあまり声も出なかった。

ただ呆然とネイラスの顔を見つめ返すことしかできない。

「悪いが、すぐに返事をきかせてくれないか？」

突然の求婚に、リーネはなんとか震える声で答えた。

「お……お断りします」

断られるなんて夢にも思わなかったとばかりに、ネイラスが目を見開く。

「それは、なぜなんだ？」

「なぜって……」

そんなの決まっている。彼が本気だとは信じられないからだ。

「でしたら、わたしもうかがいたいです。なぜ、わたしなんかを王妃に望まれるのですか？」

ネイラスとは親しく言葉を交わすようになっていたが、それだけだ。

出会ってからもそんなに時間は経っていない。幽閉《ゆうへい》されていた王子だった頃とは違い、正式に国王ともなれば相応《ふさわ》しい相手はいくらでもいるはず。

「僕が君を王妃に望むことがそんなに不思議かな？　君はきっと、僕たちは出会ってからまだそんなに時間が経ってないとか、話をしたといっても本のことしか話してないのに、なんて思っているのだろうけど、僕にとってはそれで十分なんだよ。僕はね、ほんの少し言葉を交わしただけでも、相手のことがよくわかるんだ……王子として育ったおかげでね、うれしくないことだけど。そして、その直感が間違っていたことはないんだ」

ネイラスが跪《ひざまず》き、あらためてリーネの手をとった。

「リーネ、僕には君が必要だ」

その真摯《しんし》な眼差しに、はっきりと断らなければいけないと思っていても、とても言葉など浮かんでこない。

「わたしが王妃さまなんて……そんな……絶対につとまりません。そもそもわたしは、社交的じゃないし、相応《ふさわ》しい教育も受けていません。あなたに恥をかかせるだけです」

黙ってきいていたネイラスが肩をすくめる。

「王妃に相応《ふさわ》しい教育なんて、僕は君に求めないけど？」

「あなたが求めなくても、王妃となれば様々な場面で必要とされるはずです」

そんなことは世間知らずなリーネでもわかることだ。

「断る理由はそれだけ？　だったら僕が嫌いではないということだよね？」

リーネが否定する前にネイラスが言葉を続ける。

「難しく考える必要はない。君はこうして美しいドレスを着て、僕に微笑んでくれるだけでいいんだ」

そのドレスもとても似合うよ、と言われてリーネは力なく首を振った。

「いいえ。いつもの服がわたしは好きなんです。それに、わたしは司書の仕事に生きがいを感じています。やめたくありません」

すっとネイラスが立ち上がる。

「……そうだね。その方が君らしい」

彼はリーネの意思を尊重して、あきらめようとしている。断ればもう二度と彼と会うことがないと思うと胸の奥がずきりと痛んだが、これでいいのだ。

ほっとしかけた時、ネイラスが言った。

「わかった。君の望みはすべて叶えよう。王妃となっても司書はやめなくていいし、ドレスで着飾って王妃らしいことなんてしなくてかまわないさ。普段のままで自由に過ごせばいい」

またネイラスが跪《ひざまず》いた。

「だから僕の王妃になってくれるね？　これでもう断る理由はないはずだ」

ぎゅっと握られた手を、リーネは振りほどけなかった。


それからしばらく経って、リーネは頭を抱えていた。

婚約してしまった……

結局、ネイラスからの求婚を断り切れず、彼の王妃となることを承諾《しょうだく》させられてしまった。

ネイラスの言う通り、断る理由がなかったからだ。

そして、あれからすぐに彼はリーネを図書館の部屋に帰してくれた。リーネの意向を優先するという約束を守ってくれたのだろう。

ただ、部屋に戻ってもいろいろと気になって眠れなかった。

どんなに考えても、どうしてネイラスが自分を王妃に望むのかわからない。

もしかして、幽閉《ゆうへい》されている間に親しく言葉を交わした女性がリーネしかいなかったのかもしれない。だから、ネイラスは勘違いしてしまったのだ。

なら、王宮で華やかな生活を取り戻し、美しい姫君たちに囲まれて過ごせば、彼も目を覚ますはず。

そう想像したが、なぜか落ち着かなかった。

呆然と夜を明かし、まだ信じられない思いのままのろのろと朝の支度をして、職場へ向かったリーネだったが、なぜか同僚の司書たちに注目されている気がする。

リーネの顔を見ては、皆ぎょっとし、その後そそくさと立ち去ってしまう。

顔になにかついているのか、と鏡を覗いてもいつもと変わらない。居心地が悪く感じつつ西館へと向かっていると、廊下で意外な人物に出くわした。

翡翠《ひすい》の塔の警備兵、ローラだ。

「こんにちは」

以前と同様にローラが気さくに声をかけてきてくれて、思わずほっとしたリーネは涙が出そうになった。

「ローラさん、どうしてここに？」

あの後、姿が見えなくて心配した、とリーネが言うと、ローラがやさしく微笑んだ。

「あれから忙しくてね。私もあなたのことは気になっていたわ」

「あ、ありがとうございます」

誰かに気にかけられる経験などあまりないリーネには、その言葉は少しくすぐったかったものの、またローラに会えてよかった、と思った。

「それで、今日はどうしてここに？」

軍服は着ていないが、ローラがすっと軍人らしく姿勢を正す。

「今日からあらためてあなたの護衛として配属されることになりましたので、以後よろしくお願いします」

リーネはぎょっとした。

ネイラスの命令に違いない。

「こ、困ります！　ただの司書に護衛なんて、おかしいです」

「おかしくありませんよ。あなたがネイラス陛下の王妃となられることは、すでに周知の事実ですから」

ぽかんと口を開け、リーネは持っていた本を取り落としそうになった。

しかし、わたわたと持ち直し、ぎゅっと胸に抱きしめる。

「う、う、嘘……ですよね？」

昨日の今日で知れ渡っているなど信じられなかったが、一方で司書たちの反応に合点《がてん》がいった。

ネイラスは婚約を発表するなんて一言も口にしていなかったはずなのに。

「いいえ、本当です。いまはまだ王都周辺までですが、二、三日中には近隣の国にも伝わるかと思います」

リーネは悲鳴を上げそうになった。

「そんな、や、やめてください」

私に言われても、とローラが肩をすくめる。

「お仕事の邪魔にならないように、私と他三名の部下は遠くからひっそりとお守りします。そう陛下に厳しく命じられていますので。ですからリーネさまは、なにもお気になさらずいつも通りに過ごされてください」

それでいつも通りに過ごせるほど、リーネは剛胆《ごうたん》な性格ではない。すでに頭がくらくらして気が遠くなりそうだ。

ローラは目立たぬよう護衛します、と告げてさっさと行ってしまい、リーネはぽつんと廊下に取り残された。

「ど……どうしよう……」

とにかく仕事をしなくては、と持ち場へ向かうと、突然声が響いた。

「いたいた、きっとあの人だ！」

大声に振り返ったが、リーネはまさか自分のこととは思わなかった。

しかし直後、老若男女たちが興味津々《きょうみしんしん》な顔で押しよせてきたのだ。

「あなたが新しい国王さまの婚約者？」

「え、わ、わたしは……っ」

やいのやいのと騒ぎ立てる市民に取り囲まれ、逃げ出そうにも野次馬は増える一方で、辺りは騒然としはじめた。

「あの、みなさん、図書館ではお静かに……っ！」

「ねえ！　ネイラス陛下とのなれそめは？」

「お願い、おしえて！　陛下はどんな方なの？」

質問をしてくるのは、女性が多かった。

リーネと同じ年頃の若い娘、そして、その母親くらいの女性たちも矢継《やつ》ぎ早《ばや》に質問を浴びせてくる。

「どうやって見初《みそ》められたの？　あなたから声をかけたの？」

「はじめて出会ったのはどこ？」

興味本位で繰り返される質問に、リーネはすくみ上がってしまった。

「わ、わたし……っ」

不用意に答えられるはずもないし、この場から立ち去らなくてはと思うものの、足が動かない。

「ねえ、気取ってないで、これくらい答えてくれてもいいでしょう？」

なにも言わないリーネに業《ごう》を煮やしたのか、ひとりの女性が強く腕を引っ張ってきた。

「きゃ……やめてくださ……」

悲鳴をなんとか呑み込んだところで、鋭い声が響いた。

「その方から離れなさい！　そこをどいて！」

ローラが人垣を掻《か》き分けて近づいてくるが、集まってきている人たちも混乱して押し合っているせいで、なかなか進めないでいる。

「彼女に触れないで！　命令に従わないと相応の罰を受けるわよ！」

ローラの声に辺りがざわつき、リーネの腕を掴んでいた女性が手を離した。

「こちらへ！」

ローラの手が伸びてきて、リーネの体を引き寄せる。他にも三人の女性がリーネを取り囲んだことで、彼女たちもローラと同じ護衛の女性兵士なのだとわかった。

「さあ、そこをどきなさい！」

護衛たちに庇《かば》われながら、リーネがこの場を離れようとすると、ある女性が叫んだ。

「あんなに護衛がついてるんだから、やっぱり彼女が婚約者なのよ！」

途端、まわりを取り囲む女性たちに大きな声であぁだこうだと好き勝手に外見が評される。地味だの、冴えないだのと、好意的な意見はない。悪意はないとしても、好奇の的《まと》となるのがこんなにもおそろしいなんて思わなかった。

図書館で暮らすようになってから、誰の注目も浴びることなく過ごしていたのに。

「……っ！」

リーネは、ローラたち護衛に守られていても届く中傷《ちゅうしょう》から耳を塞ぎたかった。

ローラたちに囲まれたリーネは、なんとか関係者以外は立ち入れない倉庫に避難した。

「こわかった……」

リーネは力なく椅子に座り、額《ひたい》の汗をハンカチで拭《ぬぐ》う。ここに駆け込むまで冷や汗が止まらなかったのだ。

「騒いでいた者は退出させましたが、今日は、いつものように人前に出るのはお控えになった方がよろしいかと思います」

ローラがどこから持ってきたのか、コップに入った水を手渡してくれる。

「ありがとうございます……」

喉がすっかり渇いていたため、リーネはありがたくコップに口をつけた。

「でも、あんな騒動になるなんて……」

図書館で騒ぎを起こすなど、司書としてあるまじきことだ。

リーネが頭を抱えていると、ローラが言った。

「随分昔の話ですが、あなたのように王妃さまが平民から選ばれたことがあるそうです」

当時も、市民たちは我がこと同然によろこび大層盛り上がったそうだ。そしてその女性は、一挙《いっきょ》手一投足《しゅいっとうそく》が常に注目され、騒がれ、話題の中心となった。心ない噂《うわさ》や中傷《ちゅうしょう》なども絶えなかったらしい。

ローラの話では、現在の国王の婚約者は王立図書館の女性司書としか伝わっていないそうだが、リーネの素性が知られるのも時間の問題に思えた。

なにしろ、ネイラスはあの見た目と若さで、いまや女性に大変人気があるという話なのだから。おかけでその婚約者にも注目が集まっているということだった。

「わたし……」

手で顔を覆《おお》い、リーネは目を閉じた。

断り切れなかったとはいえ、やはり王妃になるなんてとんでもないことだったのだ。

思っていたよりも、もっとずっと。

「そのように落ち込まずに。リーネさまのせいではありませんよ」

リーネが顔を上げると、ローラが心配そうな表情をしていた。

「ありがとうございます……他の方の迷惑になりますし、ローラさんの言う通り、今日はここで蔵書を仕分ける仕事をします」

「それがよろしいでしょう。不用意に歩き回ったりなさらない方がいいと思います」

倉庫の中にいるのなら、とローラたちは外を警戒するために出ていく。

ひとりになったリーネは未分類の本を仕分けようとした。

しかし辺りが静まり返っていると、先程の市民たちの言葉が耳に甦《よみがえ》ってくる。

「……っ！」

耳を塞いだが、それで防げるわけもない。

自分の気弱さが嫌になる。

だが、いまは仕事中だ。

なんとか気を取り直し、リーネは無造作に積まれた本を手にとって黙々《もくもく》と仕分けはじめた。

図書館が閉館し、利用者が誰もいなくなった頃、リーネはやっといつもの調子を取り戻した。

同僚に迷惑をかけた分、今日はできなかった書架の整理をしてから帰ろうと決め、西館へと向かう。

ローラたちがついて来ているだろうかと何度か振り返ったが、なんの気配もなかった。

図書館内に利用者がいないためかもしれない。

閉館時間になればほとんどの扉が施錠《せじょう》される。

出入り口さえ見張っていれば、心配はないはずだ。

だが、明日になれば今日と同じことが繰り返されるのかもしれないと思うと、やはり気が重かった。それでも、まわりに誰もいない書架で本の整理をはじめると、その間は心配事を忘れられる。

しばらく一心不乱に本の整理をし、どこからか紛れ込んできていた別の書架の本を数冊まとめて立ち上がったところで、室内に人影を見つけた。

「きゃ……っ！」

上げそうになった悲鳴を呑み込む。

目を疑ったが、そこにいたのはネイラスだった。

「陛下……どうしてここに？」

「驚かせてすまない。オルソン伍長《ごちょう》から今日の話をきいてね」

「オルソン伍長？」

誰かと思えば、ローラのことだとか。

「大変だったそうだけど、大丈夫かい？」

ネイラスが申し訳なさそうに言う。

「それは、ローラさんのおかげでなんとか。でも、その……本当に、驚きました」

「護衛をつけていてよかった」

心から安堵しているらしきネイラスの声に、リーネは少しどきりとした。

彼はリーネを心配してくれている。

そう思うとなんだか落ち着かなくなってしまう。

「それで……君のことだけど」

言い出しにくそうにネイラスが切り出した。

「婚約は僕が発表したわけじゃなく、どうやらあの時の侍女の誰かから漏《も》れてしまったみたいなんだ。すまない」

「あの時？」

「王宮で君を着替えさせた侍女たちだ」

「そうだったんですね……」

ネイラスがリーネに一言も断りなく婚約を発表したのではなかったのだ、それがわかると、やはりほっとしたし、気が抜けた。

「誰が漏《も》らしたのかははっきりとわからないが、その侍女を特定してきつく処分を下す」

ネイラスの厳しい言葉にリーネは驚く。

王宮で無理矢理ドレスに着替えさせられた時のことを思い返したが、あの時は余裕がなくて侍女の顔などはっきりとおぼえていない。

それでなくても、処分してほしいなんて考えられなかった。

「とんでもありません。もう起きてしまったことです。処分などやめてください」

いまさらその侍女を処分しても広まった話は消えない。

「……君はやさしいね」

ネイラスが感心したように言うが、リーネには問題の責任を誰かにとらせることなどどうしてもできなかった。

「これ以上噂《うわさ》を広めないために、君についてはなにも話さないよう、図書館で働く者には箝口令《かんこうれい》をしいてほしいと図書館長に頼んでおいたよ」

リーネはまた驚いた。

ネイラスには驚かされてばかりだ。

「箝口令《かんこうれい》なんて、大げさです。みなさん、わたしについてはなにも知らないと思います」

今度はネイラスが驚いた様子を見せた。

「みんな、君についてなにも知らない？」

「はい、みなさんの興味の対象は主《おも》に本ですから」

そう言うと、ネイラスが朗《ほが》らかに声を出して笑う。

リーネは唖然とした。そんなおもしろいことを口にしたつもりはなかったのだ。

「そうか、それはよかった」

なにがよかったのかわからないでいると、ネイラスが言った。

「……後悔している？」

「え？」

リーネがきき返せば、ネイラスは困ったみたいに微笑む。

「僕の王妃になることを、だよ。やっぱり後悔しているんじゃないかな？」

どきりとした。

正直なところ、とても後悔している。

だが、リーネの答えをおそれているようなネイラスの顔を見ていると、「そ、そんなことありません」としか言えなかった。

それに断り切れなかったとはいえ、リーネが一度は了承したのは確かで、いまさら覆《くつがえ》そうなんて無責任なことは考えられない。

「ちょっと、その、いろいろ突然だったので、驚いただけです」

「そうかよかった」

ネイラスが目を細めて微笑み、その麗《うるわ》しさにリーネはどぎまぎしてしまう。

こうしてふたりきりで向き合っていることが、急に気恥ずかしく感じる。

「あの、わたしはもう大丈夫ですから、わざわざありがとうございました」

自分のせいで国王であるネイラスの時間を無駄にした気がしてそわそわしていると、手に持つ本をすっとネイラスに取られた。

「これはどこかに持っていくのかな？」

「あ、はい、それは歴史書で、ここは紀行文の棚ですから……」

「歴史書の棚は、確か入り口の近くだった気がするな」

その棚まで一緒に行っていいかときかれ、リーネはあわててうなずく。

ネイラスは少しも時間を惜しんでいる様子がない。

「陛下もこの図書館にいらしたことがあるんですね」

並んで廊下を歩きながらリーネはネイラスに話しかけた。

「随分昔に何度かだけど。こんなに広くないけれど、王宮にも図書室はあるからね。普段読む本はそこのものがほとんどだったんだ。そうだ、その王宮の図書室の奥には、王族しか入れない希少本の部屋もあるんだって、知っていたかい？」

「希少本……！　いいえ、知りませんでした」

本の話になり、リーネはぐっと興味を惹《ひ》かれた。

この世には、たった一冊しかない本や、幻《まぼろし》の……と称されるめずらしい本がある。世界中の本を積極的に蒐集《しゅうしゅう》しているこの王立図書館でも、手に入らない本はいくらでもあると言われていた。

「一体どんな本があるんですか？」

目を輝かせてリーネが尋ねると、ネイラスが苦笑する。

「そんなものは、もうすぐ自分で確かめられるよ。君は王妃になるのだからね」

リーネははっとした。

「わ、わたしもその希少本の部屋に入れるのですか？」

「もちろん。王妃になればね」

現金なことにリーネは期待に胸を高鳴らせ、まだ見ぬ希少な本を思い、ぼうっとした。

「僕と結婚することになってよかったって、はじめて思ったんじゃない？」

くすくすと笑われ、リーネはあわてて言う。

「そ、そ、そんなことありません」

ネイラスがリーネの目を覗き込んできた。

彼の美しい瞳の中に、頬を真っ赤に染めてとまどうリーネが映っている。

「……じゃあ、そういうことにしておこう」

間近で見たネイラスの瞳にどぎまぎしていると、いつの間にか歴史書の棚の前に着いていた。

彼は手にしている本の題名を確認し、あるべき場所にすっと収める。

「これでいいかな」

「ありがとうございます」

リーネでは踏み台が必要な高さだったので、ネイラスがいてくれて助かった。

「今日の仕事は終わり？」

「は、はい。終わりです」

なんだか、まだやることがあるとは言えなかった。それに、どうしても今日の内に終わらせなくてはいけないわけではない雑事だし、明日の朝、早く来て片づければ済むことだ。

「だったら君に頼みがあるんだけど、きいてくれるかな？」

「なんでしょうか？」

リーネは思わず身構える。

王族であるネイラスの頼みなんて想像もつかないからだ。

息を呑んで待っていると、彼は言った。

「よかったら、僕にあらためて図書館を案内してくれないか？」

リーネはぽかんとした。

「なにかと思えば……そんなことでしたら、いつでも」

なんともささやかな頼みに拍子抜けしてしまう。

そしてこのやりとりで、求婚されてからネイラスに感じていた距離のようなものが、少し薄れた気がした。

「では、まずどちらへご案内しましょう？」

「そうだな……」

リーネはネイラスに乞われるまま、図書館の案内をはじめる。

彼は美術書の棚と、そのすぐ近くにある哲学書の棚でいくつか本を取り出し、自分のお気に入りだとリーネに説明してくれた。

また、以前、図書館長に『蚕《かいこ》の育て方』という本を届けられて驚いた話など、彼の話はきく者を飽きさせなかった。

ちなみに『蚕《かいこ》の育て方』は意外とおもしろかったらしい。

そんな話をしながら誰もいない図書館の中を歩いて回るのは、冒険をしているようで楽しい時間だった。

一通り案内し終わったリーネは、ネイラスを振り返る。

「他にご興味のある場所はありますか？」

ネイラスが少し考えてから言う。

「それは……君の部屋かな」

「わたしの……えぇ!?」

ここが図書館だということも忘れて、つい大声を出してしまった。

はっとしてリーネは口を押さえる。

急に胸がどきどきしてきて、深呼吸をした。

一方、ネイラスはなんでもないことのように微笑んでいる。

「突然だけど、招待してくれるとうれしいな」

「でも、あの……なんの準備もしていませんし……狭くて国王陛下をお招きできる部屋では……」

そう言うと、ネイラスがかすかに首を傾げる。

「君にとっては、とても居心地のいい部屋なのだろう？」

「それは、もちろんそうですけど……」

確かに、いまの暮らしを変えたくないと言った手前、恥じるのはおかしい気もした。

「……わかりました。ご案内します」

リーネはそう答えるしかなかった。

「ほ、本当に狭い部屋ですから！」

そんなことは気にしない、と平然と言いながら、ネイラスがリーネのあとをついてくる。とはいえ、彼は塔にいた時も豪華で趣味のいい調度に囲まれていた。あの鉄格子の内側にあった椅子一脚の方が、リーネの部屋の家具すべてより何倍も高価なはずだ。

「こちらです」

リーネはいつものように倉庫の中を進んでいく。部屋はこの倉庫の奥にあるのだ。ちらりと振返ると、ネイラスは堆《うずたか》く積まれている蔵書を見上げつつ歩いている。そんな彼にふと気になったことをきいてみた。

「そういえば、どうしてわたしがここに住んでいるとご存じだったのですか?」

ネイラスが少し困ったみたいに微笑む。

「僕はいまや国王だからね。調べれば大抵のことはわかるんだ」

きくまでもない質問だったと、リーネは己の単純さを恥じた。そして、これまでは漠然としか感じていなかった国王の権力というものがすぐそばに存在していることを再認識した。続いて、我に返って思う。ネイラスはすでにリーネの素性も余すところなく知っているのかもしれない、と。

結婚する相手なのに、リーネへ家族についてなにもきいてこないからだ。

だが、リーネの家族について知っているとしたら、ネイラスの気が変わらないのは不思議だった。

リーネは王妃に相応《ふさわ》しい境遇ではない。

あらためて家族のことを思うと胸が痛む。

本来、結婚するなんて話になれば、まずはじめに伝える相手なのに。

もちろん継母《ままはは》はよろこばないだろうが、妹のレイラであれば、きっとよろこんでくれるに違いない。

そんなことを考えている間に、自室の扉が見えてきた。

「あの、ここです」

リーネはゴソゴソとポケットを探って鍵を取り出してから、ぎくりと手を止めた。

部屋の見栄《みば》えのことばかり気にしていたが、広い図書館ならまだしも、狭い私室でネイラスとふたりきりになってしまうのだ。鍵を開ける手が震え、扉の開く音がいつもより大きくきこえた。

「ちょっと待っててください。灯りをつけますから……」

そう言ってリーネは先に部屋に入った。室内は普段と変わらない。毎朝出勤する前に簡単に掃除をしているし、そもそも持ち物も少ないから見られて困るものもない。ただ、飾り気がなく女性らしさの足りない部屋だと驚かれるかもしれなかった。

リーネは灯りをつけ、ネイラスを招いた。

「ど、どうぞ……」

「お邪魔するよ」

彼は不躾《ぶしつけ》にきょろきょろすることもなく、リーネの部屋に足を踏み入れた。この部屋に誰か、それも男性を招くなんてはじめてで、緊張する。

「あの、狭くて驚きましたよね？」

いや、とネイラスがはじめて部屋を見回す。

「こぢんまりしていて居心地のよさそうな部屋だ。君が王宮で暮らしたがらないわけがよくわかるよ」

多少はお世辞も含まれているだろうが、リーネはほっとした。本当に、ネイラスはリーネの暮らし方を尊重しようとしてくれているのかもしれない。

「あの、なんのおかまいもできませんが……」

リーネはネイラスに椅子をすすめ、お茶をいれる。ベッドに腰掛け、テーブルを挟んで彼と向き合うと、いつもは気にならない静寂がひしひしと感じられてしまう。

「いい香りだね」

目を閉じてネイラスが言った。

「たまに街へ行く時に立ち寄るお店で買ったものです。小さな雑貨屋さんなんですけど、素敵なお店でして……」

リーネが店の雰囲気を話すと、ネイラスは興味深そうにきいてくれている。

「なかなかいい店のようだ。僕も一度行ってみたいな」

「そんな……驚かれてしまうと思います」

お忍びで行けば誰にもわからない、とネイラスは言うが、たとえ平民らしく装《よそお》ったとしても、彼の振る舞いは洗練されているし、やはり雰囲気が違う。今日だって、おそらくリーネに合わせて控えめな服装をしてくれているのだろうが、どれもすべて質がよく、ネイラスの体に合わせて仕立てられているのは一目瞭然だった。

それに、隠しようのない美貌は誰の目も惹《ひ》きつける。

リーネはちらりとネイラスを見てあらためて思った。

品のいいすっきりとした輪郭、笑みを絶やさない口元に、やさしく思慮深そうな眼差し。すべてが整っていて、見ていると胸が騒ぐ。

カップに目を落としていたネイラスがふいにリーネを見た。

「っ！」

動揺のあまり、リーネはカップと受け皿で音を立ててしまう。

「どうかした？」

「い、いいえ……っ」

あわてて俯《うつむ》き、慎重にカップをテーブルに戻した。

目を逸らしたのに胸の動悸《どうき》がおさまらない。

お茶を飲み終わると、カップを置いてネイラスがしみじみと言った。

「こんなにゆったりした気分になったのは、いつぐらいぶりかな」

翡翠《ひすい》の塔に幽閉《ゆうへい》されていた間のことかと思って尋ねたが、彼は首を横に振る。

「もっと……ずっと前からだ」

「陛下……」

なんと言葉をかけていいかわからないでいると、雰囲気を変えるようにネイラスが口を開いた。

「本当に、居心地がよすぎて帰りたくなくってしまったな」

「え？」

驚いている間に、ネイラスが立ち上がり、ベッドに腰掛けるリーネの隣に座った。

「今晩、泊めてくれるかな？」

唖然として間近にあるネイラスの顔をまじまじと見つめ返す。彼がなにを言っているのかわからない。

「結婚したら、僕もここに住むのだし」

リーネは驚きのあまり声も出なかった。

「ベッドもふたりで使うには少し狭いから、君を抱きしめて眠らないといけないな」

絶句したままでいると、ネイラスに顔を覗き込まれる。

「うん？　どうかした？」

「ど……どうかって……」

リーネはわなわなと震えた。

この部屋にふたりで住むなんて、とんでもない！

なにしろネイラスは国王なのだ。

「むむむ無理です、こんなところにふたりで住むなんて！」

混乱しながら訴えるが、ネイラスはこの部屋が気に入った、と機嫌よく主張するばかりだ。

「そうだ、今日から僕もここで暮らすことにするよ」

だから今夜はもう休もう、と言うネイラスを説得するのに小一時間かかった。ようやくあきらめた彼が、残念そうに口を開く。

「だったら、僕から提案がある。この図書館と王宮の中間くらいの場所に小さな屋敷があってね。そこは以前、遠い異国から招いた僕の家庭教師が住んでいたんだけど、もう国へ帰られてしまって、ずいぶん長い間誰も住んでいないんだ。君さえよければ、そこを新居にするというのはどうだろう？」

ここよりもう少し広いくらいで、手を入れればまた住めるようになる、とネイラスが説明する。

「屋敷は君の好きなように手を入れていいし、家具もここにあるものを運ばせて、足りないものは君の趣味で揃えよう」

確かにこの部屋で暮らすよりはずっといいし、他に考えもない。リーネはとにかくうなずくしかなかった。

そして、明日の仕事が終わってから、ネイラスが迎えに来て新居を見に行く約束をした。というか……させられたのだ。

「それじゃあ、残念だけど、今日のところはこれで帰るよ」

名残惜《なごりお》しそうなネイラスを図書館の出口まで送っていき、扉を開けると、すっかり夜は更《ふ》けていた。

「お休み、僕のかわいい婚約者。また明日」

何気なく頭のてっぺんにくちづけられ呆然と立ち尽くすリーネに手を振って、ネイラスは帰っていく。

歩いて帰るのだろうか、と思いながら見送っていると、彼の姿が見えなくなった頃、馬車の車輪の音がきこえた。きっとどこかで馬車がネイラスを待っていたのだ。

その音が遠ざかってから、リーネは暗い書棚の間を抜け、慣れた足取りで部屋へ戻った。

ひとりで部屋に戻ると、そこはもういつもの部屋と違っていた。

狭いはずなのに、広々としていてなんだかとても寂しく感じる。

ほんの少し前までここにネイラスがいて、笑っていたのに、いまはいないのだ。

「わたし……」

ずっと、ひとりで暮らしていることに満足していると思っていた。

この部屋は、倉庫の中にあって非常に狭いけれど、行き場をなくしたリーネがやっと手に入れた自分だけの場所だ。

だけど、ずっとずっと寂しかったのかもしれない。

リーネは、はじめてそう思った。

★　★　★

図書館に詰めかけてくる市民は昨日より増えていた。

リーネは他の司書に申し訳なく思いながら、朝から埃《ほこり》っぽい倉庫で一日蔵書の整理をした。王立図書館の中には、貴重な学術資料などを収めた一般市民が立ち入れない場所もある。そこへの配置換えの話もあったが、リーネの知識では無理だし、できればいままでと同じ仕事がしたいと断った。

リーネとしては、この騒ぎは一時的なもので、しばらくすればおさまると思ったのだ。

そんなあわただしい中でいいこともあった。

国王の婚約者を見物に来たついでに本を借りていく市民がかなり増えたらしい。きっかけはどうあれ、本に親しんでくれる市民が増えてくれるのはリーネにとってうれしい知らせだった。

そして、夕方。

図書館が閉館して一時間ほど経った頃、約束通りネイラスがひとりでふらりと現れた。

昨日もそうだったが、見えるところに護衛はいない。

「お疲れさま。今日の仕事はどうだった？」

おだやかに笑いかけてきたネイラスに胸がどきりとして、リーネはあわてて誤魔化すように尋ね返した。

「陛下こそ、政務はどうされているのですか？」

ネイラスが意外そうな顔をしてから答える。

「そんなの、君との時間のためにさっさと片づけてきたよ」

冗談だとわかっていてもうれしく感じてしまい、そんな自分にリーネは驚く。

「でも、お忙しいのでしょう？」

日中の政務が終わっても、夜は夜で貴族たちとの会食や舞踏会で忙しいはずだ。かなり無理をしているのではないか、と言うと、ネイラスは大丈夫だと笑う。

「僕には優秀な部下がいるからね。それより早く新居を君に見せたいんだ」

そして、揃って図書館から出ようとすると、トリスタンとばったり出くわした。

「あ……」

トリスタンとはお互いにまだ気まずさを引きずっていて、リーネはどう接していいかわからないままでいる。だが、無視して通り過ぎることはできない。

「あ、あの、トリスタン。お疲れさまです。こちらは……」

なんと紹介していいか、しどろもどろになっていると、トリスタンがすっと頭を下げた。

「もちろん存じております。ネイラス国王陛下、お目にかかれて光栄です」

顔を上げたトリスタンにネイラスが鷹揚《おうよう》にうなずく。

「陛下、こちらはトリスタン。東館を担当しているわたしの先輩です」

ネイラスは、リーネといる時には見せない国王然とした表情でトリスタンを見ている。

「私のリーネが世話になっているようだ。彼女はこれからもこの図書館で働くことになっているから、よろしく頼む」

トリスタンが、まさか、とつぶやく。

「これからも？　妃殿下となってもですか？」

すると、ネイラスが笑った。

「君は、リーネが王妃として公務に取り組む姿が想像できるか？」

トリスタンが呆然としてリーネに視線を向ける。

「おそれながら、あまり……」

リーネ本人も当然そう感じているが、トリスタンにまで言われると少し傷ついた。そんなリーネを見て、ネイラスがくすりと笑いを漏《も》らす。

「彼女の希望はできるだけ叶えたいと思っている。そのため、しばらくは騒がしいことになってそなたたちにも迷惑をかけるだろうが、その分、私は図書館の予算を大幅に増やす予定でいる」

トリスタンが、はっと息を呑むのがわかった。

彼はずっと蔵書購入の予算を増やしてほしいと訴えていたのだ。

「それは……知識こそ国の財産。きっと陛下のご配慮がのちの世で大いに成果を上げ、永く御名《みな》が讃《たた》えられることでしょう」

そうして、トリスタンは頭を下げ帰っていった。

その後ろ姿を見送っていると、ネイラスがリーネを見る。

「彼とは親しいのかい？」

「はい。同じ司書の中でも話をする機会が多いです。トリスタンはとても優秀な方で、本の知識もわたしなんかよりもずっと豊富です。陛下も一度話をされてみてはいかがですか？」

安易にすすめたところでリーネははっとした。

「申し訳ありません。わたし、差し出がましいことを……」

ネイラスは国王だ。誰かと話すようにすすめるなんて、口にすべきことではなかった。

だが、彼はかまわない、と特に気にした様子もない。

「いずれ図書館長になると目《もく》されている人物なのだろう、彼は」

リーネはぽかんとした。

「ご存じだったのですか？」

「以前、そんな噂《うわさ》を耳にしたことがあったというくらいだけどね」

今後、機会があれば話をしてみよう、と言うネイラスに、リーネはそんな機会が本当にあればいい、と願った。

「さて、あらためて散歩がてら新居へ行こうか。ここからそう遠くないし、君が図書館に通うのもそこまで大変じゃないと思うんだ」

すっと腕を差し出され、リーネは首を傾げる。

「え？」

すると、ネイラスがリーネの手をとり、自分の腕へと導いた。

「これって……！」

「夫婦は出かける時、こうするものだよ」

なんと言って断ればいいかわからず、さりとて無言で振り払えるわけもなく、リーネはネイラスと腕を組むことになった。

「行こうか」

ネイラスが足どりも軽く歩き出し、リーネはあわててついて行く。

まだ陽が暮れはじめたばかりの時間で、辺りには王宮の敷地内で働く者たちが大勢行き交っている。彼らは一般市民ではないため、国王とその婚約者が連れだって歩いていても物見高く押しよせてきたりはしないが、やはり視線は集めてしまう。

「なんだかとっても見られている気がします……」

ネイラスは少しも気にしていない様子で言う。

「君がかわいいからじゃないかな」

「そんなわけありません」

すぐさま否定すると、彼は噴き出した。

「どうしてそんなことを言うんだい？　君はとてもかわいらしくて素敵だよ」

思わず足を止めたリーネをネイラスが見た。

「君は自分のことを地味だと思っているようだけど、それは装《よそお》いのせいであって、君自身の美しさに変わりはないよ」

リーネは立ち尽くしてしまった。

「そんなこと……はじめて言われました」

年頃になって容姿を褒《ほ》められたことなどない。特に継母《ままはは》は、リーネが着飾るのをとても嫌っていた。それは、自分には華やかな装《よそお》いが似合わないからなのだろうと、リーネはずっと着飾ることを避けていたのだ。

「それはよかった。できれば僕以外の男がそんなことを言っても、耳を貸さないでほしいな」

さあ行こう、と促《うなが》され、リーネはまた歩きはじめた。

途中、並んで歩くネイラスの横顔をちらりとうかがう。

こうしてあらためて見ても、おそろしく整った顔立ちなのに、驕《おご》ったところが少しもない。不思議だった。

彼は国王という身でありながら、なぜここまで図書館司書でしかないリーネに心を砕いてくれるのか……

リーネは自分に置き換えて考えてみた。

自分だったら、どんな人のために心を尽くすのかを。

「ああ、見えてきた」

ネイラスの声に物思いから引き戻され、リーネは彼が指さす方を見た。

王宮の庭に差しかかる手前、木立《こだち》に囲まれたところにその屋敷はあった。

煉瓦《れんが》造りの二階建てで、赤い瓦葺《かわらぶ》きの屋根の建物だ。窓の鎧戸《よろいど》には花の絵が描かれていて、まるでおとぎ話に出てくるようなかわいらしい家だった。

「この家にはね、ここに住んでいた家庭教師の故郷の建築技術を所々に取り入れてあるんだ」

上着の隠しからネイラスが鍵を取り出し、リーネの目の前にかざして見せた。

「まあ、かわいらしい。鍵が小鳩《こばと》の形になっているんですね」

「鳩《はと》は必ず巣に帰ると言われているからね。家の鍵にはぴったりだろう？　じゃあ、君にもひとつ渡しておくよ」

ネイラスがもうひとつ取り出した鍵には銀の鎖が通されている。

「これ、わたしの……？」

「もちろん」

彼が手を伸ばし、その鎖をリーネの首にかけた。

「ここに住む者が鍵を持つのは当然だろう？　失くさないように気をつけて」

リーネは胸に下がる鍵を手に取り眺める。ネイラスとの新居の鍵だと思っても、なんだか実感が湧かない。

「さあ、開けてみてくれるかな」

「わたしが？」

ネイラスがうなずいたのを見て、リーネはどきどきしながら鍵を鍵穴に差し込んで回す。すると、小気味よい音がした。取っ手を握って押すと扉が開く。

扉から入ってすぐの部屋は広い居間だが、暖炉《だんろ》のそばに少し薪《まき》が積んであるだけで、他に家具はほとんどなく、がらんとしている。唯一壁に作り付けられた本棚には、埃《ほこり》を被った本が二冊置かれていた。本はどちらも異国の言葉で書かれたもののようだ。

「とりあえず窓を開けようか」

確かに長い間閉め切られていて空気が淀《よど》んでいる。リーネもネイラスとともに窓を開けて回る中、居間の奥の小部屋がかわいらしい台所になっているのを見た。

いま住んでいる部屋の設備ではお湯を沸かすくらいしかできないが、ここでなら十分料理もできそうだ。そんなことを考えてリーネははっとした。

ここで自分が料理を作るのだろうか？

それも、国王のために。

だが、ネイラスの好物がなにかも知らない。

「気に入った？」

突然背後から囁《ささや》かれ、リーネは驚いて跳び上がった。

「そんなに驚くことはないだろう？」

そう言いながらネイラスが後ろからそっと手を回してきて、リーネを抱きしめる。

「陛下……」

思わぬネイラスの振る舞いにリーネはどうしていいかわからず、動けなくなった。なにより胸の動悸《どうき》がかつてないほど速くなっている。

「君のいれてくれたお茶はとても美味《おい》しかったし、今度は手料理が食べてみたいね」

「国王陛下に、なにをお出しすれば……」

くすりと笑われ、耳元に息がかかる。

「この家では、僕はただの君の夫だ」

どんなものでもよろこんで食べるよ、と言われたリーネは胸が苦しくなるほどにどきどきした。

「それに料理は僕もそこそこ作れるんだ」

「陛下がですか？」

リーネは驚いた。王族といえば、料理人の作った豪華で凝《こ》った食事を毎食とっていると思っていたからだ。

「僕は一兵士として野戦の訓練もした経験があるからね。野営地で料理もしたし、狩りに行って獲《え》物《もの》もさばけないんじゃ一人前の男とは言えないだろう？」

「そういうものなんですね」

リーネの父は貴族の嗜《たしな》みであるにもかかわらず、狩りに出かけることはなかった。代わりにいつも屋敷で静かに本を読んでいたのだ。

「次は二階に行ってみようか、おいで」

ネイラスに手を引かれ、やや軋《きし》む木の階段を上《のぼ》ると、そこには部屋がふたつあった。ひとつは書斎らしく、壁一面が本棚になっている。

「本棚がたくさんありますね」

本棚の中に住んでいると言ってもいいリーネだったが、やはり自分の本棚があればうれしい。そこにお気に入りの本を並べるのは楽しいものだ。

「この屋敷に住んでいた人は教師だったし、かなりの読書家でね。さて、ここに置くなら、机か長椅子かな？　君はどちらがいいと思う？」

リーネはしばし考えた。

そして、ネイラスが翡翠《ひすい》の塔で優雅に長椅子に座っていたことを思い出す。あの姿がなんだか忘れられない。

「もし、陛下がよろしいのであれば長椅子がいいと思います」

「じゃあ、そうしよう。色は深い緑色にするといいかもしれないね」

ふたりでどんな雰囲気の部屋にするか話し合うのは、心が弾んだ。この先どうなるのかわからなかったリーネにも、少し結婚の実感が湧いてくる。

話がまとまったところで、ネイラスがまたリーネの手を引いた。

「こっちは寝室だ」

部屋に家具はなかったが、奥にある小部屋に陶器《とうき》の湯船だけがぽつんと置かれている。ネイラスはすたすたと部屋の中へ進んでいき、また窓を開けて回る。

そして、振り返って問いかけてきた。

「ベッドは、いま君が使っているものがいいかな？」

「え！　あ、あの……それは……」

「それとも大きなものにしようか？」

ふたりで使うのだから、と言われてもリーネには考えられない。結婚の実感が湧いてきたと思っていたが、まだまだ想像できないことがいっぱいあった。

「リーネ？」

「は、はい！」

気が遠くなっていたリーネはあわてて答える。

「陛下にお任せします」

「そうだな。ふたりの家なのだから、僕の好みの家具があってもいいだろう。絨毯《じゅうたん》は君が好きなものにするといい」

ネイラスはテキパキと必要なものを決めていく。

「居間に置くテーブルはいま君が使っているものにするとして、椅子がもう一脚いるね。これは家具職人に似たものを作らせよう」

あとは、と彼はしばらく考え込んで言った。

「そうだ、食器だな。ふたり分必要だ」

リーネはいままで言われたものを忘れないように思い返す。ベッドに、長椅子、絨毯《じゅうたん》、椅子に食器……これが家庭を築くということなのだろう。

「いろいろと必要なものがあるな。リーネ、図書館の次の休みは？」

リーネは焦って答えた。

「明後日《あさって》です」

「明後日《あさって》か。わかった、明後日《あさって》は街へ行って、いま言ったものを揃えよう。それとリーネはできるかぎり荷造りをして、なるべく早くここに引っ越せるようにしてほしい」

「なるべく早く、ですか？」

あまりにも性急な話で面食らってしまった。

「ああそうか、順番が逆か。まずは結婚式だったね」

ネイラスが近づいてきてリーネの手をとる。

「街の中心にある大聖堂で盛大に式を挙げる……のは、君好みじゃない。そうだね？」

それはその通りだったが、あまりにもわがままな気がしてなにも言えなかった。

「変な遠慮はしなくていい。盛大な式ともなると準備に一年なんて時間が平気でかかってしまう。僕はそんなに待てないからね」

「陛下……」

彼の言葉に、リーネはとまどいと申し訳なさをおぼえた。

ネイラスのことは嫌いではない。

それどころか、ほのかな好意を感じている。

ただ、それが愛情なのかは、まだよくわからなかった。

「僕の提案なんだけど、王都の外れに小さな聖堂があるんだ。そこでふたりきりで誓いを交わすのはどうだろう？　一度行ってみれば君も気に入ると思う。とても静かな場所に建っている聖堂だよ」

あとは、とネイラスが続けた。

「ドレスも必要だ。華美ではないけど、君に似合う清楚《せいそ》なものを用意しなくてはね。ただ髪に飾る花は僕に選ばせてほしいな。可憐《かれん》な花を君のために選ぶよ」

「陛下……」

話がどんどん進んでいき、とまどうリーネの頬にネイラスがそっと触れる。

「不安にさせているのはわかっている。でも、君はなにも心配しなくていいんだ。家具やドレス以外で悩ませたりしないから」

真摯《しんし》な瞳に見入っていると、彼の顔が近づいてきていることに気づいた。

「……？」

なぜ、顔が近づいてきているのかとぼんやりネイラスを見つめ返していたが、はっとした。

やや顔を傾けたネイラスが、そのくちびるを重ねようとしているのだ、リーネのそれに。

「っ！」

思わず彼の胸を押し返してしまった。

「……リーネ」

少し眉を寄せたネイラスの顔を見て、不躾《ぶしつけ》なことをしてしまった、とリーネはすくみ上がる。

だが、すぐにネイラスは表情を和《やわ》らげ、リーネを見た。

「すまない、驚かせてしまったね」

「い、いいえ、わ、わたしこそ、あの、その、申し訳ありません、まだ心の準備が……！」

恥ずかしさに、頬が燃えるように熱くなる。しかも、みっともないことに涙まで滲《にじ》んできた。あわてて目元を拭《ぬぐ》おうとして、ネイラスにそっと抱き寄せられる。

「落ち着いて、リーネ。大丈夫だ、無理強《むりじ》いはしない」

やさしく髪を撫《な》でられてリーネは震える息をつく。

「君の心の準備が整うまで、いつまでも待つよ」

どんなに時間がかかってもかまわない、とネイラスが囁《ささや》いた。

★
★
★

図書館が休みの日の朝、いつもならリーネは少し寝坊をすることにしている。

だが、今日は早くに目が覚めてしまっていた。

ネイラスと街へ買い物へ行く予定になっているからだ。

少し前からネイラスのことを考えると、なんだか心がそわそわして落ち着かなくなる。昨夜も、ネイラスの顔が近づいてきた時の光景を何度も思い返してしまった。そして、あのまま拒《こば》まなければどんなことになったのかと想像しては、あわててその先を考えないようにしていたのだ。

支度をして約束の時間より早く図書館の前に立っていると、それほど派手ではない二頭立ての馬車がやってきて止まった。

「おはようございます」

御者台《ぎょしゃだい》から声をかけてきたのは、あのアレシュだった。

「……お、おはようございます」

はじめて会った時からアレシュのことがどうも苦手なせいで、今日は彼も一緒なのかと思うと複雑だ。だが、アレシュは愛想よく話しかけてくる。

「早く着きすぎてしまったと思っていましたが、リーネさまも陛下と同じで、今日が楽しみだったご様子ですね?」

「え？」

リーネが驚いていると、馬車の扉が開いた。

「アレシュ、余計なことは言わなくていい。やあ、おはよう。リーネ」

馬車の中からネイラスが手を差し伸べてきて、リーネはその手を借りて馬車に乗り込んだ。

「あの、アレシュさんが言ってたことって……」

ネイラスが頭を掻《か》いた。

「参ったな。アレシュの言う通りだよ。今日が楽しみでね」

少し照れたようなネイラスに、リーネはどきりとする。

わたしもです、とは口には出せず、思っていたことと違う言葉が出てしまう。

「そうですよね。街へ行かれる機会なんてめずらしいですよね」

リーネの言葉に彼が少し考え込んだ。

「そうだね。何度か視察で足を運んだことはあるけど、店で買い物をしたりはないかな」

王子なんて意外と自由がないのだと、ネイラスがこぼす。

「でも、これからは民《たみ》の暮らしにも触れてみなくてはいけないと思っているよ」

彼のつぶやきに、ここ何代かは貴族の意見を重用し、あまり平民の暮らしを思いやることがない国王が続いている、と以前トリスタンが言っていたことを思い出した。夜毎開かれる舞踏会の費用が嵩《かさ》み、そのせいで図書館の予算もなかなか増えなかったのだ。

ネイラスはこれまでの国王と違い、なるべく広い見識を持とうとしているのだろう。

「さて、まずは君がいれてくれたお茶を買った店に行こうか」

「え、あの店にですか？」

アレシュは街に詳しいから、とネイラスに促《うなが》され、リーネは雑貨店の場所を説明した。ネイラスの言う通り、アレシュはすぐに道順を把握し、馬車を走らせる。

馬車に乗るのは久しぶりだった。

生前の父とたまに馬車で出かけるのは、大抵が古書店に行く時だった。父が古書を選んでいる間、リーネは買ってもらった砂糖菓子を食べながら馬車で大人しく待っていたものだ。

懐かしく、いまは遠い思い出だった。

「リーネ？」

声をかけられてリーネははっと我に返る。

「も、申し訳ありません、なにか……」

ネイラスに話しかけられたのに、心ここにあらずで生返事でもしてしまったに違いない。

「いや、おいで」

リーネは向かい合って座るネイラスに手をとられ、隣に座らせられた。

「随分早く目が覚めてしまった？　寝不足はよくないね。今日は休日だし、疲れがたまっているのかもしれない。出かけるのはまたの機会にしようか」

「そんな、大丈夫です」

リーネはあわてて言った。

「じゃあ、君も僕と出かけるのを楽しみにしてくれていたと思ってもいいのかな？」

耳のすぐそばで囁《ささや》かれた言葉にリーネは息を呑んだ。

そして、こくんとうなずく。顔が上げられずそのまま俯《うつむ》くと、リーネの手を握っていたネイラスの手に力が込められる。

「……うれしいよ、リーネ。とてもね」

目当ての店に馬車が着くまで、ふたりは無言で過ごした。

言葉を交わさずとも、不思議と気まずくはなかった。


それほど時間がかからず、馬車は目当ての店の近くで止まった。

いつもは図書館から歩いてきているが、馬車で来ればこんなにあっという間なのだとリーネは少し驚く。そして、馬車にアレシュを残し、ネイラスを店へと案内した。表通りをちょっと歩き、靴屋の角を曲がるとその店はある。赤い看板の小さな店だ。

「こちらです」

リーネが振り返ると、ネイラスがうなずいた。そのまま店へ足を踏み入れたところ、奥の椅子からふくよかな女性が立ち上がった。

「いらっしゃい……まあ、お客さん」

店主の女性は少し前からリーネの顔をおぼえてくれているのだ。

「こんにちは」

おずおずと店に入ってくるリーネの背後を、店主が覗き込んでいる。

「あら、今日はお連れの方がいらっしゃるのね」

にこにこと笑顔で言われ、リーネは頬が熱くなってしまう。ネイラスを見ると、彼は微笑んでいる。

「婚約者だと紹介してくれないのかな？」

「まあ、婚約者なの！」

店主は弾んだ声を上げた。

「あらあら、素敵な方ねぇ。ご存じでしょうけど、あなたの婚約者は礼儀正しくていいお嬢さんですよ」

にっこりとネイラスが応じた。

「ありがとうございます。こちらを彼女がお気に入りの店だと話していて」

「うれしいことを……おや、あなた、どこかで見たことがあるような……」

店主が目を凝《こ》らして、ネイラスを頭から足のつま先まで見ている。

「んん？　どこだったかしら……」

リーネははらはらしたが、ネイラスは平然としていた。どうか気づかれませんように、という祈りも虚《むな》しく、店主がはっと息を呑んだ。

そして、勢いよくリーネを振り返った。その顔には、信じられない！　と書いてある。

「あ、あなた、前に王立図書館の司書をしてるって話してたわよね？」

「はい……」

リーネは消え入りそうな声で答えた。

きっと彼女も噂《うわさ》を知っていて、そこから思いついたのだ。

王立図書館で司書をしている女性——リーネが国王の婚約者だと。

そしてリーネにとっては不幸にも、過去に王宮へ上がってネイラスを見たことがあったのだろう。

「ま、まあ……そう……そうなのね……こちらが……」

店主は気がついたものの、特に騒ぎ立てるつもりはないようで、リーネはほっとした。国王だと気づいて、ネイラスの存在感に圧倒されているだけかもしれないが。

ひとり落ち着かないリーネとは違い、ネイラスはものめずらしそうに雑貨の置かれた棚を眺めている。

「先日、彼女がここで求めたお茶をいれてくれたのですが、とても美味《おい》しかった」

「それはそれは！　うちに置いてあるものは、遠国のサンスーンから仕入れた紅茶でして、香りが特にいいものばかりなんですよ」

店主の説明をききながら、ネイラスは楽しそうにいくつか紅茶を買い求めている。そして、買い物を終えて満足した様子で言った。

「おかげでいい買い物ができました。それで、彼女と新しい生活のために家具を揃えたいのですが、どこかおすすめの店はありませんか」

この辺りにはお詳しいでしょう、とネイラスに微笑まれて、店主は舞い上がらんばかりに顔を輝かせる。

「それなら、ロイスのところがいいですよ。腕のいい家具職人です。うちで使っている家具も頼んだんですけど、とても使い心地が……」

そこまで言って店主が口を押さえた。

「でも、あの、腕のいい職人ですけど、その、なんと言いますか、どちらかというと、庶民的な品になるかと……」

「ええ、かまいません。彼女は華美なものは好まないので」

ネイラスが同意を求めるようにリーネを見て微笑む。

リーネはあわてて何度もうなずいた。

「でしたら、ご案内します！　さあさあ、参りましょう」

店主は張りきって先頭に立ち、店を出て行こうとしている。

「ま、待ってください。お店は……」

リーネの声に店主が振り返った。ここは小さな店で、店番は店主しかいないのだ。

「ああ、そうそう。隣の花屋さんに頼んでおかなきゃ。……ねぇ、ちょいと出てくるから、見てておくれ！」

隣の花屋に向かって店主が叫んですぐ、のんきな了承の声が返ってきた。

「さあ、どうぞ、こちらですよ」

意気揚々《いきようよう》と胸を張って歩く店主のあとをついて行くと、案の定、通行人の視線を集めることになってしまった。やはり、ネイラスの雰囲気は下町に馴染《なじ》むものではない。

パン屋の前を通りかかった際、店先の椅子に座っていた老婆《ろうば》たちに声をかけられた。

「おや、雑貨屋のおかみさん。そんな意気揚々《いきようよう》とどちらに行くんだい？　そのおふたりは？」

店主は挨拶《あいさつ》をしてから老婆《ろうば》たちに言った。

「ちょっとロイスのところにね。このおふたりを案内して差し上げてるんですよ」

「へぇ、この辺じゃ見ない顔だけど？」

「そりゃそうですよ、なんたってこの方たちは……おっといけない」

どこか得意げな店主の口調に、老婆《ろうば》たちがネイラスを興味深そうに眺めながら、いい男だなんだと話している。さらに店主があちこちで知り合いに意味深な挨拶《あいさつ》をして回るおかげで、あとをついてくる者まで現れた。

「だ、大丈夫でしょうか？　人がいっぱい集まってきてます」

リーネはネイラスに囁《ささや》いた。このままでは大騒ぎになってしまうかもしれないと不安だが、ネイラスはまったく気にしていないようだ。

「心配しなくても、見ているだけでなにかしてくるわけじゃないよ」

そう言われても、リーネはネイラスと違って注目を浴びることに慣れていない。すると、彼がリーネの手をとった。

「大丈夫だ、僕の手を離さないでいるといい」

やさしく微笑まれてリーネは息を呑んだ。まわりにいる女性たちも上げかけた悲鳴を呑み込んでいる。先日腕を組んで歩いた時は、もっと遠巻きにされていたのでそこまでではなかったが、いまは女性たちのざわめきが直接耳に届いて、気が気ではない。

ぞろぞろと物見高い人たちを引き連れて、ようやく店主は足を止めた。

「さあ、こちらですよ」

案内された店からは、木の香りがする。店主が奥に声をかけると、ひとりの青年がエプロンについた木くずを払いながら出てきた。

「雑貨屋のおかみさん？　どうしたんですか？　わざわざ」

「それがね、ロイス。こちらのおふたりがご結婚されるにあたって新居の家具をさがしてらっしゃるそうだから、案内してきたのよ」

「そりゃどうも……それで、どういった……」

青年はネイラスを見た途端、怪訝《けげん》そうな顔をした。

「ロイス、これは名誉なことだから、よく注文をうかがったほうがいいわよ！」

雑貨屋の店主は、案内が終わってもわくわくした表情のまま帰ろうとしない。

ネイラスが雑貨屋の店主に案内の礼を言ってから、家具職人を見た。

「こちらの方に腕のいい家具職人がいるときいてね。できればいくつか家具を注文したい」

「この国の国王陛下ともあろう方が、こんな下町の家具職人にですか？」

ざわざわとしていた辺りが静まり返った。リーネの背後にいる野次馬が増えていることに気づいたロイスがつかつかと扉に近づき、ネイラスたちに奥へ行くように示してから閉める。雑貨店の店主もあわてて入ってこようとしたが、扉は開かなかった。

リーネはネイラスが国王だと見破られたことに驚きつつも、とりあえずほっとした。ずっと多くの人に見られていて落ち着かなかったのだ。

先程と打って変わってしんとした店内で、ネイラスが腕を組んで家具職人を見た。

「……私の顔を知っているとは意外だな」

「かなり前のことですが、練兵場の詰め所にある机の引き出しが開かなくなったと修理を頼まれた時に陛下をお見かけしたのです」

ネイラスが少し考え、あぁ、とうなずいた。

「新兵訓練の時か。随分と前のことだが、よくおぼえていたな」

「それは……」

ロイスはそこでなぜか言葉を切り、ちらりとリーネを見る。

「……？」

なにか言いにくいことでもあるかのような素振りだったが、ロイスは気を取り直したのか再び口を開いた。

「陛下のお姿を一度でもお見かけしたら、忘れる者はいないかと」

リーネはなるほど、と納得した。確かにネイラスを一度目にすれば、忘れることは難しいだろう。

「そうか。それで、さっきも言ったと思うが、家具を注文したいんだ。近々彼女と結婚するのでね」

ネイラスが背後にいるリーネに目を向ける。

「それは、おめでとうございます。ですが王宮の家具は、すべて外国製のものだときいております」

その通りだ、とネイラスは認めた。

「しかし、私の婚約者は豪奢《ごうしゃ》な家具を好まない。これまで貴族たちの間でも、遠い異国の品をわざわざ手に入れることが富の象徴とされてきたが、私はそれをあらためたいのだ。これを機に、王宮で使うものはこの国のものにしたいと思っている」

家具職人のロイスは黙ってネイラスを見つめたままだ。

「これまでは国王こそが、この国で作られるものとその職人たちを蔑《ないがし》ろにしていたのはよくわかっている。だが、私は違う。今後は、この国のものを外国の貴族が求め、誇るものにしたい」

ロイスが頭を下げた。

「それは……この国の職人の励《はげ》みになるでしょう」

彼の言葉に満足そうに目を細めたネイラスが、リーネを振り返る。

「さあ、リーネ。君の好みを彼に伝えてくれ」

「は、はい」

リーネは一生懸命説明した。木の風合いや色の他、素朴で使いやすそうなもので、と伝えると、ロイスからいくつか質問されたので答える。その後は、ネイラスとロイスが王宮の家具について話し合いをはじめ、店の奥へ消えたため、リーネは一仕事を終えた安堵に肩の力を抜く。

慣れないことばかりで少し疲れた。

「お茶でもどうですか？」

椅子をすすめられて腰を下ろしていたリーネに声がかかる。そちらを見ると、トレイにカップを載せた少女がにっこり微笑んでいた。

「ありがとうございます。あの、あなたは？」

「ロイスの妹のアンナです」

そう言われれば、ふたりはよく似ている。アンナは好奇心旺盛《おうせい》な瞳でリーネを遠慮なく眺め回していた。

「うらやましいなあ、王妃さまなんて」

舞踏会とか出たことあります？　ときかれてリーネは苦笑する。

「いいえ、ダンスなんて踊れないもの」

「じゃあ、これから月明かりの下とかで、陛下にふたりっきりでおしえてもらうんでしょう？」

「月明かり？」

アンナによると、そういう王女さまの恋愛を扱った読み物が巷《ちまた》の少女たちの間で流行《はや》っているらしい。

リーネは首を横に振った。

「舞踏会に出る機会はないと思います。わたしは王妃になっても、みなさんが憧れるような生活を送るつもりはないですから」

アンナが驚いた顔をして、すぐに遠慮のない言葉遣いで尋ねてきた。

「えぇ～、もったいない！　どうして？」

「その……向いてない気がして」

唸《うな》りながら、アンナがリーネを値踏みするように見る。

「そうね、確かに向いてそうには見えないかも……でも、国王陛下はそういうあなたがいいのね」

今度は急に大人っぽい口調でアンナが耳打ちした。

「だって、国王陛下ってあなた以外は目に入らないって感じ！」

「え？」

リーネは目を丸くした。そして、次第に頬が熱くなるのが自分でもわかって、うろたえてしまう。

「そ、そんなことは……！」

「もう！　そうとしか見えないわよ！」

勢いよく肘で小突かれ、椅子から転げ落ちそうになった。

「そうでしょうか……」

椅子に座り直しながらリーネはつぶやく。胸がどきどきして苦しい。数日前から自分の心境の変化を感じていたが、これは……

「リーネ、待たせたね。話は終わったよ」

店の奥から戻ってきたネイラスが、リーネを見て怪訝《けげん》そうな顔を浮かべた。

「……どうかした？」

「え？」

椅子から立ち上がろうとしたリーネを、彼が手で制する。

「なんだか顔色が悪いな」

「自分ではなんとも……大丈夫だと思います」

そう言うリーネの頬にネイラスがそっと触れた。隣で見ているアンナが口元を押さえてじたばたしている。

「少し疲れた？」

「えっと……あの……すみません、少し……」

人から注目を浴びることに慣れていないのだと、リーネは正直に答えた。

「変に目立ってしまったからね」

それなら、とネイラスがロイスを振り返った。

「裏口はあるかな。そこからこっそり出してくれるとありがたい」

ロイスがうなずいて、ついてくるようにふたりを促《うなが》す。

「こちらです」

「行こう、リーネ」

ネイラスがリーネの手をとり、椅子から立ち上がらせた。

「よろしいのですか？　裏口から出てしまっては護衛の方が……」

彼らは姿は見えずとも、いつもどこかにいてネイラスを見守っているはずだ。

「大丈夫だ。僕は自分と君の身くらい守れる」

それに、とネイラスは続けた。

「僕も四六時中見張られていて、平気なわけじゃないんだよ？」

いたずらっぽく微笑み、ネイラスがリーネを連れて裏口から出る。振り返るとアンナが元気よく手を振ってくれていた。

裏口から出たところは細い路地で、猫が一匹のんびり歩いているばかりで人気《ひとけ》はない。リーネも街には何度も足を運んでいたが、裏通りを歩くのははじめてだ。

「さあ、行こう」

しばらくは、ロイスがまだふたりが店にいるように表の扉を閉めていてくれるということだった。

リーネはネイラスに手を引かれて歩きはじめた。

「どこか少し休めるところをさがそう」

気の向くままネイラスと裏通りを歩いていると、いいにおいがしていることに気づく。

「パイが焼けているようだね」

ふたりでにおいを辿って裏通りから出てみれば、小さな広場にカフェがあった。店の前に大きなケヤキの木があって、その木陰にいくつかテーブルが置いてある。テーブルは半分ほど埋《う》まっていて、皆ゆったりとお茶を楽しんでいた。

「ここで一息つこうか」

ネイラスに椅子をすすめられて腰を下ろすと、給仕の女性がすぐに注文をききにやってくる。ここでもネイラスが国王だと知られてしまい、騒ぎになるのではないかとはらはらしたが、女性は気づかないようだった。

「おすすめは？」

ネイラスの問いに女性が愛想よく答える。

「今焼き上がったぶどうのパイと紅茶がおすすめですよ」

ではそれをふたつ、と頼んだネイラスが、リーネの顔を見た。

「さっきより顔色がよくなっているね」

「歩いて気分がよくなりました。申し訳ありません、わたし……」

迷惑をかけたことを謝ると、ネイラスが首を横に振った。

「なにも気にしなくていいよ。少し目立ってしまったのは僕も反省してる。君の言っていた通り、お忍びというのもなかなか難しいものだね」

でも、とネイラスがテーブルの上に置いていたリーネの手を握る。

「僕が気をつけていても、まわりに知られてしまうことはあるんだ、すまない」

ネイラスが沈んだ顔をしたので、リーネはあわてて言った。

「そんな、仕方ありません。それに、誰にも気づかれないのも……」

国王として一目置かれる存在が、市民に混じってわからなくなってしまうよりは、と思ったのだ。

「そうだね、問題かもしれないね」

ふたりで笑い合っていると、パイと紅茶が運ばれてきた。

「このあとドレスを買いに行こうと思っていたけど、やめておいた方がいいんじゃないかと考えているよ。どうかな？」

「確かに……お店に迷惑をかけるかもしれませんね」

雑貨屋から少し離れたところにある仕立屋に行こうと予定していたのだ。ただ、付近の住人たちにネイラスの姿を知られてしまったし、このままではまた野次馬に囲まれてしまうだろう。

「その店の者に、新居に来てもらえばいい。ただ、後日ということになると僕は立ち会えないかもしれないけど」

自宅にドレスの採寸に来てもらうなんて、とても贅沢《ぜいたく》なことだ。お店はその間は閉めなくてはならないから、それなりに高価な注文になる。そんな大げさなことはしたくなかったが、そうも言っていられない、とリーネもさすがに思った。

「そうするしかないですよね……」

店の者にはアレシュから話をさせよう、ということで話がまとまり、ふたりはパイを食べた。香ばしく焼けた生地にぶどうの酸味がさわやかで、紅茶によく合う。

紅茶を飲み終わると、どこからともなくアレシュが現れた。それから、少し離れたところに停めてあった馬車にそっと乗り込み、リーネはネイラスと帰途につく。

一体どうしてアレシュは自分たちの居場所がわかったのか、と不思議に思ってネイラスに尋ねたが、はぐらかされてしまった。方法は不明ながら、やはり国王の護衛というものは、どんなことがあってもネイラスのことを見失わないのかもしれない。

「家具が届くのが楽しみだね」

「はい」

リーネは図書館の前で馬車から降り、ネイラスが王宮へ戻っていくのをひとり見送った。馬車が見えなくなって、新居へ行ってみようかという考えがふと浮かんだ。

胸元から銀の鎖を辿り、鍵を取り出す。

それをしばらく眺めて、リーネはまた鍵を服の胸元にしまった。

やっぱりやめておこう。自分だけではなくふたりの新居なのだから。

ネイラスが王宮に戻っていくのを見送る度、胸の奥が切なくなる。

そして、新しい生活を少し待ち遠しく感じるのだった。


明くる朝、リーネは騒がしさに気づいてベッドで目を覚ました。

「なにかあったのかな……」

いつもは静かな朝なのだが、今日は違っている。

不思議に思いながら支度をして職場に向かっていると、ローラが階段を上《のぼ》ってきた。

「おはようございます、ローラさん」

目立たないように警護をしてくれるはずのローラがどうして、と思った時だった。

「リーネさま、今日は出勤なさらないでください」

「え？　なにかあったんですか？」

リーネは驚いて階段の踊り場で足を止める。とにかくこちらへ、とローラに呼ばれるまま階段を下りた。

「ご覧ください」

近くの窓に近づいたローラが手招きをするので見てみると、図書館のまわりに人が大勢集まっている。

「今日はこんなに利用者の方が……」

「いいえ、ほとんどがリーネさまを一目見ようと詰めかけている市民です」

リーネはぽかんとしてローラを見た。

「……わたしを？」

これまでもリーネが国王の婚約者だと知った者たちが図書館に押しかけてはきていたが、これほどの人数ではなかった。

「ど、どうして今日はこんなにたくさんの人が？」

怖くなって、リーネは隠れるように窓から離れた。

「どうやら、昨日の件が街中に知れ渡ったようです」

「昨日のって……街の、雑貨屋さんや家具職人の方のところへ行ったことが？」

確かに注目を集めてしまっていたが、それがどうしてこんな事態になるのかわからない。

「おふたりが訪ねられたあと、あの家具職人のところには注文が殺到したため、しばらくは店を開けていられないとのことです。それに、陛下がお買いになった雑貨屋の紅茶も売り切れてしまったらしいですよ」

「ほ、本当ですか？」

あの紅茶はとても美味《おい》しいが、普段はどちらかといえばのんびりしたお店で、なにかが売り切れることなんてなかったように思う。

「おふたりが寄られたカフェも噂《うわさ》をききつけた客でいっぱいで、特におふたりが座られたテーブルが人気だそうです」

リーネは話をきくにつれ、不安になった。

「どうしてそんなことになってしまったのでしょうか？」

ローラが肩をすくめる。

「陛下の意外に気さくなお人柄が皆の知るところになった、ということでしょうか。あと、おふたりの仲睦《なかむつ》まじい様子が大変好印象だったようです」

昨日は、注目を浴びて疲れたりもしたが、リーネにとっても楽しい時間だった。

それが人々の目に仲睦《なかむつ》まじく映っていたとは、予想もしなかったけれど……。

「リーネさまも、近寄りがたい雰囲気なんて少しもないですし」

なによりここまで騒ぎになったのは、リーネがどこかの国の姫君でもなく、婚約した今も図書館で働いている司書で、ちっとも派手なところがない娘だかららしい。

「王妃となる方としては意外なことばかりですしね」

却《かえ》って注目と興味を集めてしまっている、とローラは言った。

「とにかく、今日は図書館も開館しないそうです。市民たちが詰めかけてなにが起こるかわかりませんから。他の司書の方も臨時の休みになるとのことです」

窓に人影があると、それがリーネでなくとも市民が大騒ぎしてしまうためだと説明され、リーネは呆然とする。

「そんな……」

人目につかない倉庫で仕事もできないのだと思うと、心苦しかった。

こうなっては、リーネの司書を続けたい、という希望も図書館にとっては迷惑かもしれない。

「図書館が休館なのですから、よろしければ婚礼のドレスの採寸をしてはいかがでしょうか？」

「今日ですか？」

せっかくのローラの提案ながら、正直、気が進まなかった。

自分がなにかすると、誰かに迷惑がかかってしまう気がするのだ。

「ご無理でしょうか？」

「いえ、あの……」

なんと断ろうか迷っていると、ローラが言い出しにくそうに口を開いた。

「実はもう頼んできてしまったのですが……」

「え……」

ローラが悪いわけではない。きっとネイラスができるだけ早く、と彼女に命じていただけなのだ。

「わかりました」

仕方がない。ここで断れるほど、リーネは自分の意思を貫《つらぬ》くことに慣れていなかった。それに、このまま部屋に帰ったとしても、なにも手につきそうもない。ならば、とあきらめたリーネは、ローラと一緒に司書たちが使う裏口へと向かった。

「誰にも気づかれないでしょうか？」

「集まっている市民たちは、今日は図書館は休館でリーネさまを一目見ることも叶わない、と警備兵が追い返していますから、そろそろ大丈夫だと……」

そんなことを話していると、急に廊下の角から人影が現れた。

さっと身構えたローラが、なんだ、とつぶやく。リーネも正面を見たところ、トリスタンが驚いた顔をして立っていた。

「トリスタン？　どうしたのですか？　今日は休館日だと……」

「ああ、外に休館の知らせが貼り出される前に出勤してしまっていたんだ」

トリスタンと同じように早く来ていた司書も何人かいたが、大多数の司書たちは、門に貼られた休館の旨《むね》の貼り紙を見てそのまま帰ったらしい。

「トリスタン……あの、わたし、みなさんにご迷惑を……」

「迷惑？　みんな今日は思わぬ休日になった、とよろこんでいたぞ」

そう言われてもリーネはあまり安心できなかった。肩を落としていると、トリスタンが持っていた本でぽんとリーネの頭に触れる。

「そんなに気にするな。リーネがこの国にとって大きな役目を担《にな》おうとしていることは、皆わかっている」

リーネは顔を上げた。

「重要な役目……ですか？」

「そうだ、とても大切なことだろう？　王妃となってこの国のお世継ぎをもうけることは」

「お世継ぎ……」

思わず黙り込んでしまった。王妃の役目というのはとても重いものだと理解していたつもりだった。しかし、ここ最近で次から次に起こったことで、自分は本当に王妃の重責というものをわかっているのだろうか、と不安になる。

「わたし……」

落ち着いた光をたたえたトリスタンの瞳を見ていると、彼なら胸に抱えている不安に答えをくれそうな気がした。

「リーネさま、お急ぎください」

ローラの声にリーネははっと我に返る。

「すみません、トリスタン。用があるので、これで失礼します」

頭を下げ、横を通り抜けようとした時、トリスタンに呼び止められた。

「リーネ、なにか悩みがあるのなら、率直に陛下に申し上げるんだ」

「陛下に？」

まるで胸の内を読まれたかのような助言に、リーネはうろたえてしまう。

「陛下はおまえを王妃にと望むのだから、不安を抱かせたままにしておかれるはずがない。頼らないでどうする？」

「でも……」

ネイラスのことを信用していないわけではない。ただ、どう人を頼っていいのか、よくわからないのだ。

「遠慮をしてひとりで抱え込むのはよくない。私でもよければ力になる。だから、そんな顔をするな」

リーネは思わず頬に手をやった。

トリスタンがここまで言うなんて、きっといつの間にかひどい顔をしていたに違いない。

「ありがとうございます、トリスタン。わたし、がんばります」

トリスタンがうなずき、リーネは気を取り直して図書館を後にした。

少し先で待っていたローラに急《せ》かされ、人目を避けて新居へと向かう。

「もう新居の方に、店の者が到着しているはずです」

ネイラスは政務で少し遅れるため、ローラがそれまで代わりに付き添ってくれることになったらしい。ネイラスは立ち会えないかもしれないときかされていたので、遅れても来てくれることにほっとした。

新居へ到着すると、すでに採寸のための道具や生地などが運び込まれていて、それらに囲まれて居心地が悪そうに座る娘がいた。

「お待たせしました、シャノン夫人はどちらに？」

ローラの問いに、娘が答える。

「私は先生の助手のブリジットです。先生は少し遅れていらっしゃいます」

きっと国王からの急な注文であわただしくしているのだ、とリーネは申し訳なく思った。そして、助手のブリジットに凝視《ぎょうし》されていることに気づく。

「あの、なにか？」

「失礼ですが、あなたが国王陛下の婚約者の方なんですか？　もうすぐご結婚なさるのですよね？」

「は、はい……」

じろじろと頭の先からつま先まで眺め回される。ここのところ似たようなことが何度も起きたので少しは慣れたが、やはり気分はよくない。

「なんだか地味だし、王族とご結婚なさる方には見えませんね。ここも殺風景で新居なんて信じられないし、本当に国王陛下の婚約者なんですか？」

「え……！」

驚きのあまりリーネが絶句していると、隣のローラが声を荒らげた。

「なんという無礼な！　リーネさまが陛下の婚約者と知っての暴言、許せるものではない！」

女性とはいえ、ローラは軍人だ。その咎《とが》める声は力強く、さらになにをするつもりか、腰の剣に手をかけている。

「や、やめてください、ローラさん！」

あわてて止めるも、ローラはきこうとしない。

「いいえ、この娘、無礼にもほどがあります。お下がりください、リーネさま」

ブリジットは先程の傍若無人《ぼうじゃくぶじん》な態度から一変して、青ざめて腰を抜かしてしまっている。護衛が女性だったので、侮《あなど》っていたのかもしれない。

「お、お許しを……」

ローラを止めるには強く命令するしかないのだと気づいた時、扉が開いた。

「ちょっと、なにをしているの！」

甲高い声に、ローラが振り返る。そこには落ち着いた装《よそお》いの老婦人が立っていた。

「シャノン夫人、あなたの助手がリーネさまに大変無礼な口をきいたのですよ」

「ま、まぁ！　そんな！」

夫人が腰を抜かして座り込んでいる助手を見る。事情を悟った夫人はリーネに平身低頭謝罪してきた。

「大変申し訳ありません。リーネさま、部下の非礼はわたくしの責任です。帰ってきつく言いきかせますので、どうかお許しください」

リーネが答える前に、ローラが言う。

「いいえ、許せることではありません。厳しく罰することになります」

その言葉にブリジットが泣き出し、リーネの足元に身を投げ出してきた。

「お、お許しください……っ！　そんなつもりでは……」

思わぬ事態に気が動転したリーネが、立ち尽くしたままなにもできないでいる中、よく通る声が響いた。

「一体、なんの騒ぎだ？」

その声に騒然としていた室内が静まり返る。見ると部屋の入り口に険《けわ》しい表情のネイラスが立っていた。

その姿を認め、ローラがさっと姿勢を正す。

「何事だ、オルソン伍長」

「はっ。申し上げます、陛下。その者がリーネさまを侮辱《ぶじょく》したのです」

ゆっくりとネイラスがブリジットを見た。

「侮辱《ぶじょく》だと？」

厳しい表情のネイラスに誰もが息を呑んだ。その中でもブリジットは顔を蒼白にさせて、今にも倒れそうな様子だ。だが、ネイラスの厳しい視線はローラにも向けられた。

「私のリーネを侮辱《ぶじょく》するとは、とても見過ごせないが……オルソン伍長。そなたがついていてなぜそんなことになったのだ？」

「それは……っ」

ローラが言葉に詰まる。

「そなたの職務は、私の不在時にリーネを守ることであろう？　それは身の危険からだけではない。いらぬ誹謗中傷《ひぼうちゅうしょう》からも守るということだ」

「も、申し訳……」

膝をついたローラにネイラスが一歩近づく。

「そこの娘を罰する前に、責任を取らねばならないのは……」

ネイラスの冷たい言葉に誰もが言葉を失っている。

「ま、待ってくださいっ！」

リーネはか細い声でなんとか叫んだ。

こんな緊迫した場面で声を上げるのは勇気がいったが、伝えなくてはならない。

「陛下、やめてください。こんなこと……わたしは……」

涙が滲《にじ》んできて言葉が続かない。

「リーネ……」

震えながら立ち尽くしていると、あわててネイラスが近づいてきた。

「リーネ、すまない。君の気持ちを無視してしまったね」

彼の声はいつもと同じやさしいものになっていた。そして、そっと抱き寄せられる。

「大丈夫だ。君が望むなら、誰も罰したりしない」

落ち着かせるように髪を撫《な》でられ、リーネはネイラスの肩に顔を伏せた。なんだかとても疲れて体が重い。

「少し席を外してくれ」

ネイラスがそう言うと、すぐにローラが夫人たちを促《うなが》し、部屋を出て行った。

ふたりきりになって、ネイラスが俯《うつむ》いているリーネの顔を覗き込む。

「大丈夫かい？」

「申し訳ありません、わたし……」

責任を問うのはネイラスにとって当然のことなのに、横から口出ししてしまった。

「君が謝る必要はなにもない。そうだろう？」

リーネはふるふると頭を振る。

「問題を起こしてばかりで……わたし、やっぱり……」

「やっぱり？」

きき返されてリーネは息を呑んだ。答えられないでいるとネイラスが続ける。

「やっぱり、王妃にはなれない？」

言葉もなくリーネが立ち尽くす中、彼がかすかにうなずいて目を逸らした。

「そうか……わかった。ただ、僕はどんなに時間が経っても君をあきらめられないと思うけど、少し時間を置いてみよう」

そうしてネイラスはリーネから離れた。そしてゆっくりと背を向け、リーネを残して行ってしまう。

呆然としたまま呼び止めることもできず、扉の閉まる小さな音だけがきこえた。

★
★
★

あれから三日。

ネイラスからの連絡は途絶え、護衛のローラたちも姿を見せなくなった。だが、まだ図書館にはリーネを一目見ようと市民たちが詰めかけてきている。

なにも考えないようにして、リーネは今日もひとり倉庫で本の分類作業を次々とこなす。

手を止めるのが怖かった。

我に返ると後悔に押しつぶされそうになってしまうからだ。

書庫から出ずに仕事をして、昼の休憩時間を終えたリーネは窓からそっと外を見たが、市民たちはまだ図書館のまわりをうろうろしている。

どうしてネイラスは「距離を置いてみよう」と言ったのに、婚約を解消したと公表しないのだろう？　思わずつぶやくと声が返ってきた。

「そんなことおっしゃるわけがないでしょう」

リーネが驚いて声の方を見たところ、そこには見知った顔があった。

「アレシュさん……」

どうしてここに、と尋ねてすぐ、アレシュが大きなため息をつく。

「どうしてではありませんよ。リーネさま、陛下の様子がおかしいのでオルソン伍長からきき出してみれば、婚約をとりやめるようなやりとりがあったというではないですか」

「それは……」

きつい口調で責められ、リーネは言葉に詰まった。しかも、護衛のローラにあの話をきかれていたのだと思うといたたまれない。護衛として離れるわけにもいかず、扉のすぐ外にいたのだろう。

「リーネさま、いろいろとご不安なのはわかります。ですが、陛下が王妃にと望むのはあなただけです。どうかもう一度お考え直しください」

リーネは俯《うつむ》き、首を横に振る。

「でも、もう取り返しがつくことではないと思います」

不安を口にしたリーネに、ネイラスは「わかった」と言って立ち去ったのだ。話し合う余地はないと感じたに違いない。

「そんなことはありません。私を信じてください」

リーネはアレシュの顔を見た。すんなり信じられるほど彼のことをよく知らないが、いままで見たことがないくらいその表情は真剣だ。

「それに、リーネさま。あなたはそれでよろしいのですか？」

ぎくりと肩が揺れたことにリーネ自身も気づいた。思わずアレシュから目を逸らしてしまう。

「わたしは……」

それでかまわない、という言葉がどうしても喉の奥から出てこなかった。

リーネは、あの日、悲しそうな顔をして踵《きびす》を返したネイラスの姿が忘れられないでいるのだ。

「もう一度、話をされればきっと大丈夫です、リーネさま」

アレシュの説得に少し心が動いたことを見逃さなかったのだろう。彼は勢いのある声で背中を押すように言った。

「さあ、いますぐ陛下のもとへ！　私とともに王宮に参りましょう」

アレシュの言葉につい足を踏み出したが、はっとしてリーネは立ち止まる。

「いますぐは無理です。仕事中ですから」

昼の休憩が終わったばかりで、リーネはこれから引き続き倉庫で蔵書整理の仕事がある。ここで他の司書に迷惑をかけるわけにはいかない。

「リーネさま、いまは仕事は置いておいてください」

アレシュが焦《じ》れた声で言うが、リーネは首を横に振った。

「簡単に言わないでください。仕事を放り出すなんてできません。そもそもどういう理由でお休みをいただけるというんですか？」

今度こそアレシュが歯痒《はがゆ》そうに叫んだ。

「国王陛下に会いにいくという立派な理由があるではないですか！」

「わたしにとってそれは私用です。とにかくいまは無理です、アレシュさん」

いつもは自分の意見を通すのは苦手だが、仕事のことでは別だ。

司書の仕事を放り出しては、リーネの居場所がなくなってしまう。

頑《かたく》ななリーネに、アレシュはあきらめたのか渋々といった様子で息をついた。思ったより食い下がってこなかったのは、彼にも国王の政務補佐官としての仕事があるからだろう。彼はリーネよりよっぽど忙しい身のはずだ。

「……わかりました。それでは、王宮の門番に、私の名前を出して訪ねてきた女性を、いついかなる時間であるとも通すように申しつけておきますから」

できれば、時間が出来次第ネイラスを訪ねてほしいと念を押して、アレシュは王宮へ戻っていった。

このままではいけない。

芽生《めば》えたばかりのネイラスへの想いを断ち切るにしても、ひとりでは無理だ。

それはリーネもよくわかっている。

だが、のこのこ会いに行って、いまになって王妃の座が惜しくなったのかとネイラスに思われでもしたら、なによりもつらい。

そう思うと、とても王宮に足を運べなかった。

さらに二日、リーネは悩んだ。

食事は喉を通らず、夜もよく眠れなくなってしまった。

しかし、なんにせよ、このままずっとネイラスのことを考えて思い悩む日々が続くなんて耐えられそうにない。

なによりネイラスに謝りたかった。

その結果がどうなるかは、わからないけれど。

リーネはついに意を決して部屋から出た。

窓から図書館のまわりに人気《ひとけ》がないことを確認して外へ出て、王宮への道を急いだ。

以前、アレシュに無理矢理馬車に乗せられて行った時はあっという間に到着したが、歩いて行くとなると果てしなく遠いように感じる。

暮れはじめていた陽がすっかり落ちた頃、王宮が見えてきた。同時に、なんだかやけに馬車が行き交っていることに気づく。

「なにかあるのかしら……」

馬車の上げる砂ぼこりの中、リーネは王宮の門までやっと辿り着いた。そして悟ったのだった。

「舞踏会だわ」

王宮の正面玄関にはきらびやかな馬車が続々と到着している。馬車から降りてくる着飾った紳士淑女を、リーネは木の陰から見つめるしかない。

いまの自分を惨《みじ》めだとは思わないが、ネイラスに会いたいという気持ちが急激にしぼんでいく。

それに、会ったところで、にべもなく追い返されるかもしれないのだ。

今日は帰ろう、そう思った時だった。

「そこの娘！　なにをしている！」

はっとして振り返ると、警備兵がふたり険《けわ》しい顔をしてこちらへ向かってきている。舞踏会が開かれるのだから、警備が厳重なのは当然だった。

なにも言えずに立ちすくんでいると、警備兵に取り囲まれる。

「娘、ここが王宮だとわかっているはず。用のありそうな姿でもなし、なにをしていた？」

厳しい追及の声に、リーネはすくみあがった。

「あ、あの……」

警備兵には、変わらずじろじろと不審そうに見られている。

舞踏会の開催される日に、ただ通りかかっただけなんて言い訳が通用するとは思えない。不審者だと疑われればただでは済まないかもしれないし、ネイラスに気づかれることもなく処分されるかもしれなかった。

リーネは心を決めた。

「わ、わたし……アレシュさんに会いにきたんです」

緊張して声が裏返ってしまい、ますます不審そうな目で見られる。

「おいおい、なにを言ってるんだ？」

ひとりの警備兵が、持っていた槍の石突きでリーネの肩を小突こうとした。

「待て」

もうひとりの背の高い警備兵がその槍の端を掴んだ。

「もしかしてアレシュ政務補佐官を訪ねてきたのか？」

「そ、そうです」

まさか、とリーネを小突こうとした警備兵が言う。だが、彼の顔を背の高い警備兵がじろりと睨《にら》んだ。

か？」

「アレシュ政務官を訪ねてきた娘は必ず通すようにと通達があったはずだぞ。きいていなかったのか？」

睨《にら》まれた警備兵があわてて弁解する。

「いや、きいてた。きいてたさ。でも、まさかこんな地味な娘のわけないだろう？」

見かけのことはなにも言われていない、と背の高い警備兵がリーネに向き直った。

「大変失礼しました。さあ、どうぞこちらです」

そう一礼して、彼はリーネを王宮の玄関まで連れて行ってくれた。

「ありがとうございます。とても助かりました」

もう一方の警備兵はまだぶつぶつつぶやいていて納得できない様子だったが、リーネはそちらにもぺこりと頭を下げた。

「それと、これを」

王宮に特別に入ることができる許可証だという巻紙を渡される。

「アレシュ政務補佐官にお会いできたら、そこにサインをもらってきてください。お帰りになる時に必要です」

「え……」

リーネは許可証を手に警備兵の顔を見た。

「帰る時に必要なんですか？」

「不思議に思われるかもしれませんが、不審人物を通すわけにはいかないのと同様に、あやしい者を王宮から逃がすわけにはいかないのです」

よからぬ企《たくら》みで誰それに用があると偽《いつわ》って王宮に入り込んだ者をみすみす逃さぬよう、ちゃんと用を果たしたのか確認する必要があるのだと説明された。

「私ではアレシュ政務補佐官がどちらにおいでなのかまではわかりませんので、王宮内の侍従に尋ねてみるといいと思います」

そう言われて、リーネはどうやってアレシュをさがせばいいかまでは考えていなかったことに気づいた。広い王宮でなんの伝手《つて》もないリーネがアレシュに簡単に会えるわけがなかったというのに。

「そうしてみます」

もう一度礼をして、リーネは王宮に足を踏み入れた。

あやしい者ではないとわかってもらえればよかっただけなのに、困ったことになった。これでは最低でもアレシュに会うまで帰れない。

「どうしよう……」

舞踏会となれば、アレシュも身分のある立場だ。きっと出席して社交に励《はげ》んでいるに違いない。

リーネは手にした許可証を見てため息をついた。

どうしてこんなことになってしまったのだろう。

舞踏会の夜に、なんの約束もない、招待客でもないリーネが国王であるネイラスに会えるわけがないのに。

とにかく、もしアレシュに会えれば後日あらためてネイラスを訪ねると話し、許可証にサインをしてもらって帰ろうと、リーネは舞踏会に浮き立つ王宮の廊下を進んでいった。

王宮の玄関から伸びる廊下は、舞踏会の招待客でごったがえしている。

リーネは邪魔にならないように廊下の端っこを足早に進んでいたが、着飾った人々に奇異の目でじろじろと見られてしまう。特に同じ年頃の娘たちにくすくすと笑われた。

地味な普段着で、髪も背中に流しているだけの姿でここにいる自分が場違いなのはわかっている。早くアレシュを見つけたくて侍従に声をかけようとするが、皆忙しく立ち働いていて、なんの身分もなさそうなリーネの呼びかけになど立ち止まってくれない。

途方に暮れ、舞踏会が終わるまでどこかで待つしかないのかも、と肩を落としながら歩いていたリーネは、まさか、と足を止めた。

着飾った娘たちの中に見知った顔を見つけたのだ。

かわいらしい若草色のドレスを着てゆっくりと広間へと歩いて行く横顔、それはリーネの異母妹のレイラだった。

見間違いかと思ったが、やはりあれはレイラだ。

「レイラ……」

久しぶりに見る妹の姿を、リーネはしばし遠くから見つめた。

レイラは少し緊張しているのか、表情が硬かった。王宮で開かれる国王主催の舞踏会だからかもしれない。最後に妹を目にしたのはもう二年も前だ。あの時からするとやや大人びた顔立ちになった気がする。

その時、緊張した面持ちだったレイラの顔がぱっと明るくなった。

見ると、同じ年頃の華やかな装《よそお》いの娘たちがレイラに声をかけ、近づいてきたのだ。気の置けない友人たちに囲まれ、安心したように微笑む妹。朗《ほが》らかに笑い合い、妹は友人たちと音楽の流れる広間へと入っていった。

その後ろ姿を、リーネは見送ることしかできなかった。

「レイラ……」

つぶやいた声が招待客の笑いさざめく声にかき消されていく。

悲しかった。

取り巻く環境の違いがではない。

すぐそこにいた妹は、姉のリーネがここにいるなんて知らずに行ってしまったのだ。きっと視界の端に映ったとしても気づくことはなかっただろう。

その隔《へだ》たりが悲しい。

打ちひしがれたリーネは庭へと続く階段を下りていった。

広間の音楽がかすかに漏《も》れきこえてくるが、王宮の庭は夜の闇に沈んだように静まり返っている。

舞踏会がどれくらいで終わるのか……招待されたことのないリーネにはわからない。

もしかして朝まで続くのかもしれない、と思いながら、リーネは近くの花壇の端に腰を下ろそうとした。

すると、予想もしていなかった声がかかる。

「リーネ?」

はっとして背を伸ばすと、花壇の向こうにネイラスが立っていて呆然とこちらを見ていた。

「陛下……」

彼は夢かと思うほど麗《うるわ》しい衣装を纏《まと》っている。月明かりに照らされ、淡く輝くその姿は幻想的ですらあった。

しばらくふたりして無言で見つめ合ったまま立ち尽くしていると、月が雲に隠れたのか、辺りがふいに暗くなり、リーネは我に返る。

「あ、あの……」

なにか言わなくては、と口を開いた途端、また声がきこえた。

「陛下、どちらです? 隠れるのはおよしになって」

続いて薔薇《ばら》の生け垣の後ろから現れたのは、リーネと同じ年頃の美しい娘だった。

「まあ、こんなところに」

娘がネイラスの姿に花がほころぶように微笑む。その可憐《かれん》さは思わず目を奪われるほどで、リーネはなにも言えずに娘を見た。

「陛下、おさがししましたのよ」

また微笑もうとした娘の顔がすぐに曇《くも》る。リーネと目が合ったからだ。娘は一瞬眉を寄せたが、リーネのことは目に映らなかったとばかりに無視してネイラスに言った。

「陛下、なにをなさっておいでなのです? 皆が広間で待ちかねておりますのに。さあ、レイチェルとともに早く参りましょう？」

レイチェルと名乗った娘はきらびやかなドレスを纏《まと》っていて、ネイラスの隣に立つのが相応《ふさわ》しく思える。

彼女が遠慮のない素振りでネイラスの腕に自分の腕を絡め、うっとりと寄り添う姿を見てリーネは動揺した。

このままふたりが背を向けて、リーネにはどんなところか想像もつかない王宮の奥へと消えていくのだと思っただけで、血の気が引いていく。

もう、これ以上見ていられなかった。

リーネはネイラスが答える前に、踵《きびす》を返そうとした。

「待ってくれ！」

「陛下⁉」

リーネを追おうとしたネイラスを引き止めるように、レイチェルが声を上げる。その声は信じられないとばかりの響きだった。装《よそお》いといい、きっと身分の高い娘なのだ。どこかの国の王女なのかもしれない。

そうなれば、ネイラスが優先するのはどちらか決まっている。

仕方のないことだ。

リーネは今度こそなにも言わず立ち去ろうとした。

「待ってくれ、リーネ。頼むから行かないでくれ」

ネイラスの懇願《こんがん》にリーネは思わず立ち止まったものの、この場に留まっていいものか迷った。レイチェルが険《けわ》しい顔でこちらを見ているからだ。

もし彼女が一国の王女であれば、ここにリーネがいることでネイラスに迷惑をかけてしまうはず。

「陛下、一体どうされましたの？」

レイチェルの甘えた声を彼が遮《さえぎ》った。

「先に行っててくれ、レイチェル」

「そんな、ご冗談でしょう？」

無邪気な顔で食い下がろうとした彼女に、今度こそネイラスは冷たく言い放つ。

「先に行っててくれ。きこえなかったのか？」

彼の声に、レイチェルは息を呑み、リーネをひと睨《にら》みして立ち去った。肩を怒らせ、淑女らしからぬ足取りで去って行く彼女を見て、おろおろしながらリーネは言う。

「あ、あの……よろしいのですか？」

その問いに、ネイラスがきっぱりと答える。

「僕が君以外の誰を優先するというんだ？」

「ですが……」

立ち去る機会を逃してしまったリーネに、やさしくネイラスが声をかけてきた。

「それより、どうしてここへ？」

リーネは、はっとした。

「それは……あの……」

なんと言っていいかわからず、苦し紛れに口から出たのは——

「あの、アレシュさんに会いに……」

思わぬ答えだったのか、彼の声が少しうわずる。

「アレシュに？」

おかしな空気がふたりの間に流れた。しばらくして気を取り直したのか、ネイラスがまた尋ねる。

「アレシュに一体なんの用があって来たんだ？」

リーネは返答に詰まった。

実際のところ、目的はネイラスに会うことだったし、アレシュにサインをもらう以外の用などないからだ。だからといって、そう正直には言えなかった。

「そ、それは……サインをもらいにきたんです」

「サイン？」

ネイラスが痺《しび》れを切らしたように近づいてきたので、リーネはあわてて持っていた許可証を差し出した。

「これです」

ネイラスが少々乱暴に許可証を取り上げる。

「なんだって……？」

さっと目を通し、許可証をまた丸めた。

「なるほど、これにアレシュのサインが必要なのだとしたら、いますぐあいつは政務補佐官から辺境伯にでも左遷《させん》だな」

「え？　どういうことなのですか？」

なぜそんな話になるのかわからない。

「アレシュをこの王宮から追放すれば……この許可証にサインを書けない。つまり、君はもうここから出ていけないことになる」

ネイラスの強引な考えに、リーネは唖然とした。

「リーネ、僕は一度は君の気持ちを優先しようとした。君が王妃になるのはやっぱり無理だと言うのなら、落ち着いて考える時間をあげようと……だけど、もう待てそうにない」

こんなことはしたくないけど、とネイラスは続ける。

「君を失うくらいなら、無理矢理でもこの王宮に閉じ込めてしまいたい」

リーネは息を呑んだ。

以前ネイラスが翡翠《ひすい》の塔に幽閉《ゆうへい》されていた時と、真逆の構図が思い浮かぶ。リーネが鉄格子の中にいて、彼がその外にいるのだ。

「それが本来の僕のやり方なんだ。僕は君とは違う。君のようにやさしくないし、目的のためなら手段も選ばない。でも……」

ネイラスは一度息をついてから続けた。

「そんな僕でも、君にだけは嫌われたくないんだ、どうしても」

だから身を引こうと思ったこともあると言う彼に、リーネは思わず一歩近づいた。

「陛下……」

ネイラスが苦しげな表情でリーネを見る。

「距離を置こうと提案したのは間違いだったと思っている。でも、君のつらそうな顔を見たら、どうしていいかわからなくて……」

「わたし……」

言わなくてはいけないことがたくさんあるのに、喉が詰まって上手く言葉が出てこない。すると、ネイラスが言った。

「……いいんだ。こうして来てくれただけで。君は勇気を出して王宮に来てくれた。ここは君にとってはとても苦手な場所にもかかわらず。それだけで、僕はうれしい」

ネイラスの手がリーネの髪に触れる。

「心細かっただろう？」

リーネも間違っていた。

トリスタンに助言された通り、あんなことを言う前に、不安なことはすべてネイラスに相談すればよかったのだ。

「リーネ……ここに君がいるのだから、僕は思いきってきくよ。……結婚のこと、考え直してくれるかい？」

「……はい」

リーネは静かにうなずいた。

そのために来たのだ、とリーネも自分の中ですんなりと腑《ふ》に落ちた。

「ありがとう」

ネイラスの囁《ささや》きに、やっと気持ちを伝えられたと胸がいっぱいになる。

「リーネ」

リーネの髪を撫《な》でていたネイラスの手が頬を包んだ。

間近に迫った彼の美貌に、リーネは息を呑んで動けない。

だが、ネイラスはしばらくして少し困ったように微笑んですっと離れてしまった。

その振る舞いに、リーネは言い知れぬ寂しさを感じた。それを誤魔化すために、なにか話しかけようとするが、思いつかない。

困って立ち尽くすリーネの足元に影が浮かび上がった。

雲間から見える高く昇った月が、美しく整えられた庭を煌々《こうこう》と照らしはじめたのだ。

「あ、月が……」

リーネが空を見上げると、隣にネイラスが立った。

「確かにきれいな月だけど、どうかした？」

いいえ、とあわててリーネは首を振ったが、彼に目を覗き込まれる。

「言ってみて」

間近で見るネイラスの青い瞳は有無を言わさない迫力がある。促《うなが》されるまま、リーネはおずおずと話しはじめた。

「……先日、陛下と家具職人のロイスさんのところへ行った時、その妹さんとお話したのですけど、陛下と舞踏会で踊ったことはあるかときかれて、ないと答えたんです。わたし、ダンスなんて踊れませんし……」

まさに舞踏会の日にこんな話をすることになるとは思わず、リーネは少し恥ずかしかった。

「そうしたら、これから陛下に月明かりの下でダンスをおしえてもらうんでしょうって言われて困ってしまったんです。なんでも巷《ちまた》ではそういう読み物が流行《はや》ってるらしくて……」

こんな話を国王であるネイラスにきかせるなんて、反応がちょっと怖い。

「なるほど。だったら、ちょうどいい」

彼が手を差し出してきて、リーネはうろたえた。

「だから、あの、わたし、踊れないんです……っ」

そう主張するも、ネイラスは微笑みながらリーネの手をとり、抱き寄せる。

「踊れなくてもかまわない。こうして音楽に合わせて寄り添って揺れていればいいんだ」

耳をすませば音楽がきこえてくるだろう？　と囁《ささや》かれ、リーネはどぎまぎしてしまう。逃げ出したくなったが、ネイラスの手を振りほどけそうにない。

「その巷《ちまた》で流行《はや》っているという夢物語のヒロインといまの君とは、どちらがよりうらやましがられるのだろうね？」

ネイラスに見つめられ、リーネは息が止まりそうになった。

物語でしかきいたことのない出来事が、いま自分の身に起きているのだ。

現実に月明かりの下、王宮の誰もいない庭で麗《うるわ》しい国王とダンスを踊っている……

足元がふわふわと浮いているようで、やはり夢なのではないかと思う。

だが、ふらつく度ネイラスに体を引き寄せられ、その確かな感触に夢ではないのだと実感が湧いてくる。

しばらくして、音楽が途切れた。

ネイラスが動きを止め、リーネは彼の腕の中に閉じ込められてしまう。

「ネイラスさま?」

なにも言わないネイラスに、胸がいっそうどきどきと高鳴る。

辺りは夜の帳《とばり》が下り静まり返っていて、鼓動の音がネイラスにきこえそうだ。

「……このまま王宮で朝まで休んでいけば、と言いたいところだけど、結婚するまでは君を図書館へ帰そう。すっかり夜も更《ふ》けてしまったし、そろそろ送っていこうか」

「でも……」

アレシュのサインを許可証にもらわなくては、とリーネが心配すると、ネイラスが声を上げて笑った。

「僕よりアレシュのサインが有効な場面はないよ」

少し待っててほしい、と許可証を持って庭から続く廊下の向こうへ姿を消したネイラスは、すぐ戻ってきた。

「はい、どうぞ」

渡された許可証には優雅な字でサインがされている。

「これで大丈夫だ。さあ、行こうか」

ネイラスが自分の手をとって歩き出そうとしたところで、リーネははっとした。

「ですが、陛下は舞踏会が……」

音楽が途切れてから随分時間が経ってしまっている。しかし、このまま国王が抜け出すわけにはいかないのでは、と危惧したのだ。

「わたしはこうして許可証にサインもありますし、ひとりで帰れますから」

だが、ネイラスは首を横に振る。

「もう夜も随分更《ふ》けてしまってるし、婚約者をひとりで帰せるわけないだろう？」

「陛下……」

また婚約者と呼んでもらえたことへのよろこびを、リーネは胸の内でひっそりと噛みしめた。

「行こう、リーネ」

ネイラスは王宮の人気《ひとけ》がない廊下を選んでリーネの手を引いていった。そして、裏口へ出て正門へと向かう。その途中、リーネは驚いた。王宮の正面玄関には、いまも馬車が到着し続けていたからだ。まだまだ舞踏会は終わらないらしい。

辺りがすっかり暗くなった中、リーネが正門に近づくと、すかさず制止の声が飛んできた。

「止まってください。こんなところを歩いて通ろうなんて……ああ、さっきの……」

背の高い警備兵がリーネに気づいて歩み寄ってくる。

「アレシュ政務補佐官とは会えましたか？」

「それが……会えなかったのですけど……」

そう言いながら、リーネは許可証を警備兵に差し出す。

「サインがないのでしたら、王宮からは出られないことになっています。規則ですから見逃すわけには……」

警備兵は怪訝《けげん》そうに許可証を受け取って、その書面を見た。きっとサインをもらうことができなかったリーネが目こぼしを頼んでくると思ったのだろうが――

「ん？　なんだ、サインがあるじゃないですか……でも、アレシュ政務補佐官とは会えなかったと言ってましたよね。これは誰の……」

「それは、私のサインだ」

リーネの背後から現れたネイラスに、警備兵が目を見張った。

「え、あなたは……」

ネイラスは悠然《ゆうぜん》と警備兵に微笑んでいる。

「サインを確かめる必要はもうないだろう？」

「それは、あ、は、はい……どうぞお通りください」

リーネは警備兵に会釈《えしゃく》して門を通り、ネイラスも続く。すると、警備兵があわてて声を上げた。

「お、お待ちください、陛下！　どちらに！　供も連れずになりません！」

持ち場を離れるわけにはいかないからか、警備兵が同僚を呼ぶ声で辺りが騒がしくなった。ネイラスは、やれやれとばかりに肩をすくめている。

「面倒なことになる前に逃げようか」

「え？」

とまどうリーネの手をとり、ネイラスが駆け出した。

「きゃ……陛下、ま、待ってくださ……っ」

つられてリーネも足を速める。

運動は苦手で普段走ったりすることのないリーネだったが、ネイラスが手を引いてくれているだけで速く走れる気がした。

王宮に向かう時はあれほど重かった足が、いまは軽い。このままどこまでも行けそうだった。

「ここまで来ればもう大丈夫だ」

しばらくしてネイラスが足を止めて振り返り、リーネも息をつく。

「こ、こんなに走ったのは……子どもの時以来です」

足を止めると途端に息が苦しくなって、リーネは空気を求めて喘《あえ》いだ。

「大丈夫かい？　無理をさせてしまったかな？」

「だ、大丈夫、です」

なんとか息を整えて答えれば、ネイラスがほっとしたように微笑む。

そうして、暗い夜道を図書館までふたりなにも言わずに歩き出す。

ネイラスはしっかりとリーネの手をとって、一度も離さなかった。

やがて図書館の入り口が見え、名残惜《なごりお》しい気持ちを抑えてリーネは足を止めた。

「ここまで送っていただいて、ありがとうございました」

「これくらいなんでもないよ」

ネイラスがそっとリーネの手を離す。

「それじゃ、お休み」

「お休みなさいませ」

囁《ささや》くように言葉を交わし、リーネは図書館の裏口の鍵を開ける。

そのまま扉を開けようとしたが、後ろ髪を引かれる思いで振り返ってネイラスを見た。

月明かりの中佇《たたず》む彼は、静かに言った。

「リーネ、もう一度確認しておきたい。……もう迷わずに僕と結婚してくれるね？」

リーネは息を呑み、それからゆっくりと深くうなずいた。

★　★　★

馬車は森の中の小道を進み、ひっそりと建つ教会の前で止まった。

教会にはレニスタ王国の国教で定められた神が奉《まつ》られていて、国民が結婚する時は神の前で愛を誓うことになっている。

ここはポプラの木片を組み合わせて造られた、こぢんまりとした教会だ。

馬車のドアが開くと、待ち構えていたアレシュが手を差し出し、リーネはその手をとって馬車からゆっくりと降り立った。

本来ならば、ここで花嫁の手をとるのは父親の役目だ。だが、それを亡き父の代わりとしてアレシュに頼んだのは、リーネだった。

「ありがとうございます、アレシュさん」

「いいえ、もったいないお言葉です、リーネさま。このような大役を仰《おお》せつかり、心より光栄に思っております」

しみじみとしたアレシュの口調に、リーネも胸が熱くなる。

ネイラスと婚約解消の危機にあった時、彼の説得がなければいまここにこうしていなかったかもしれなかったのだ。

アレシュのネイラスに対する忠誠は、時に行きすぎることもあったが、本物だった。

「さあ、参りましょう。陛下がお待ちですよ」

リーネはうなずき、アレシュと腕を組んで教会へと向かった。

リーネの花嫁衣装の支度を手伝ってくれたのは、ローラを中心とした女兵士の護衛たちだった。まさに慎《つつ》ましくひっそりと準備は進められた。準備に関わった者は皆、ネイラスに言い渡されているのか、リーネに家族がひとりも付き添わないことを詮索《せんさく》してこなかった。

無言でアレシュが教会の扉を開けたところ、赤い絨毯《じゅうたん》の先に人の姿が見える。

ネイラスだ。

午前のやさしい光の中、彼は国王の正装を身に纏《まと》い、祭壇の前でリーネを待っている。リーネが一歩前に進むと、後ろで扉が閉められた。

誰も参列しない、レニスタ王国の国王としては前代未聞の結婚式である。

ゆっくりと絨毯《じゅうたん》の上を歩いていき、リーネはついにネイラスのもとへ辿り着いた。

目を細めて微笑む彼はリーネの花嫁姿に満足そうだ。

「なんてかわいらしいのだろうね、僕の花嫁は」

「わ、わたし……」

緊張で声どころか足も震えている。

この日のために仕立てられた花嫁衣装は、純白のシンプルなドレスだ。シャノン夫人が先日の非礼の詫びに急いで仕上げてくれたもので、リーネの希望通り飾り気はほとんどなく、スカートも大げさに膨らんではいない。

そして、手にするブーケは、ローラたちが特別に許可を得て王宮の庭の白い薔薇《ばら》で作ってくれたものだった。

ネイラスに手をとられ、祭壇に向き直ると、司祭が奥の扉からゆっくりと現れてふたりに永遠の愛を問うた。

ネイラスはよく通る声で堂々と、リーネを生涯妻として愛することを誓った。

さらに、司祭がリーネにも問う。

「わ、わたしは……」

リーネはネイラスを正面から見据え、思い切ってきいた。

「陛下は、本当にわたしでよろしいのですか？」

ネイラスは突然のことに少し驚いた顔をした後、なにも言わずに目を細めて微笑んだ。

その笑顔はおだやかで、思わず目を奪われるほど麗《うるわ》しかった。

再び司祭に問われ、リーネも震える声でネイラスを夫とし一生愛することを誓う。

「うれしいよ、リーネ……」

満足そうなネイラスに、リーネも胸がいっぱいになる。

見つめ合っていると司祭が緋色《ひいろ》のクッションを持ってきて、うやうやしくふたりの間に置く。

「リーネ。さあ、膝をついて」

言われるままにクッションに膝をつくと、ネイラスは司祭が捧げ持つ天鵞絨《ビロード》張りのトレイから銀のティアラを取り上げた。

それは蔓薔薇《つるばら》の枝が小さな真珠を支え、半円を描いている繊細《せんさい》なものだった。

「王妃の証《あかし》だ」

リーネが目を伏せ、頭を垂れるとネイラスの手でティアラがそっと載せられる。

決して重くはない感触だったが、心にずしりとくるものがあった。

「これで、君は僕の王妃だ、リーネ」

そう言ってネイラスがリーネの手をとり立ち上がらせる。

途端、教会の鐘が鳴り響き、司祭が婚姻の成立と、リーネが王妃として即位したことを厳《おごそ》かに告げた。

そして、おそるおそる顔を上げたリーネの額《ひたい》に、ネイラスが軽くキスをする。

こうして極秘で挙げられた国王の結婚式は、すべてが終わってから国民に知らされたのだった。

★　★　★

結婚式が終わり、リーネはネイラスとともに新居へと向かう。

アレシュが御者《ぎょしゃ》を務める馬車が新居に到着し、降りたところで、リーネはネイラスに抱きかかえられた。

「きゃ……！」

驚きのあまりリーネが硬直していると、ネイラスはすたすたと歩きはじめ、心得たとばかりにアレシュが新居のドアを開ける。そうしてリーネを腕に抱えたままネイラスが新居へと足を踏み入れた。

新居にはすでに家具が運び込まれていて、生活できるように整っている。

ネイラスの背後で静かにドアが閉まり、当然ふたりきりになった。

「普通ならここで寝室に君を運んでいくところだけど」

「え!?」

リーネがぎくりと体を強ばらせると、ネイラスがくすりと笑う。

「いまはとりあえずお茶でも飲もうか。疲れただろう?」

そうして、そっとリーネを腕から下ろした。

「お湯を沸かしたりの準備は僕がやるから、君は着替えておいで」

「ですが……」

そんなことを国王であるネイラスにさせていいのか、とリーネはとまどう。

「君が着替えたら、今度は僕が着替えるので、お茶をいれるのは君に頼むよ。その方が美味《おい》しいからね」

さあ二階で着替えておいで、と促《うなが》され、リーネはうなずいた。

そして、二階の寝室でドレスを脱ごうとしてはっとする。

「ど、どうしよう」

ドレスは背中に小さなくるみボタンがいくつもあり、着る時もローラたちに手伝ってもらったのだ。ひとりで脱ぎ着はできない。

「そんな……」

じたばたしてみたが、やはり手が届かなかった。

悩んだ末、リーネはおそるおそる階下へ下りた。

「あの……」

声をかけると、お茶の準備をしているネイラスが振り返る。

「どうしたの？」

当然、不思議そうな顔だ。

「あ、あの……申し訳ないのですが、背中の……」

「背中がどうしたの？」

ネイラスが不思議そうな顔をしたまま近づいてきて、リーネは逃げ出したくなってしまう。だが、なんとか踏みとどまり言葉を続けた。

「あ、あの、ボタンが……っ」

立ち止まった彼が、なにかに気づいた顔をする。

「あぁ、背中のボタンに手が届かないんだね？」

そんなことを遠慮して言い出せなかったの？　とネイラスが困ったように微笑んだ。

「すみません……」

リーネは俯《うつむ》き、消え入りそうな声で謝る。

「いいんだ、気にしなくて。さあ、背中を向けて」

リーネは言われた通りにおずおずと背中を向けた。するとネイラスが近づいてきて、そっとボタンに手をかける気配がした。

「確かに、この小さなボタンは手が届いたとしても自分では外せないね」

そうつぶやきながら、ネイラスがゆっくりとボタンを外していく。

「僕は国王だけど、この家では君の夫だ。だから、困ったことがあったら遠慮なく言ってくれてかまわないんだよ」

「は、はい」

緊張のあまり声が裏返ってしまったリーネに、彼がくすりと笑いを漏《も》らす。その息がかすかに首筋にかかり、震えていると背中を軽く叩かれた。

「さあ、終わったよ。奥さん」

「あ、ありが……きゃあ！」

あわてて振り向いた途端、ゆるんだドレスが肩口から落ちそうになってリーネは悲鳴を上げる。

なんとかドレスが落ちないように胸の前で押さえたが、みっともないところを見せてしまった、とますます焦ってどうしていいかわからない。

「も、申し訳ありません、わ、わたし……っ」

すると、ネイラスがリーネの肩に手を置き、体の向きをくるりと変えさせた。

「階段は足元を確かめながらゆっくり上《のぼ》るんだよ。ドレスの裾に気をつけて」

リーネはなんとかうなずき、言われた通りに階段を上《のぼ》ってドレスを着替える。いつもの服を身につけても、なんだか落ち着かない。

それにしても、ネイラスの振る舞いはいつでも優雅すぎる。

リーネは彼と接する度どぎまぎしてしまうのだ。

こんなことでこれから彼と一つ屋根の下で暮らしていけるのか、心配になる。

だが、花嫁としての不安を相談できる人が、リーネにはいない。

幼い頃にこの世を去った亡き母がいまここにいてくれれば、と思ったその時、脳裏に継母《ままはは》の顔が甦《よみがえ》ってきた。

「……っ」

いつもは思い出さないようにしているのに。

継母《ままはは》の冷たい眼差し、きつい口調と態度を思い出して胸の鼓動が乱れ、リーネは小さく喘《あえ》いだ。

そして、ぎくりとした。

これほど噂《うわさ》になっているのだ。リーネが国王であるネイラスと結婚したことが、継母《ままはは》の知るところとなっている可能性は十分にある。

国王の結婚相手がリーネだとはっきりと発表されているわけでも、大々的にお披露目《ひろめ》されているわけでもない。

けれど、継母《ままはは》が知ればきっと黙っていないだろう。

いままでそのことをすっかり失念していた。

継母《ままはは》は、リーネがしあわせに暮らしていることを確実によく思わない。

「どうしよう……」

トリスタンは心配事はすべてネイラスに相談するように、と言っていた。

しかし、こんな話を結婚式当日に打ち明けるのはどうしても気が引ける。

「それに……」

さすがの継母《ままはは》も、リーネが結婚した相手が国王だと知れば、騒ぎになる真似はしないはず。

新居のまわりには護衛もいる。

図書館でもローラたちがついていてくれるのだ。

そんなに心配しなくても、とつい考えてしまった。

こうして楽観的に構えられるのも、継母《ままはは》と離れている時間が長くなっていたからかもしれない。

ドレスをしまい、リーネが階下に下りていくと、ネイラスに声をかけられた。

「着替え、そんなに大変だった？　手伝った方がよかったかな？」

継母《ままはは》のことを思い出して手が止まっていたため、思ったより時間がかかっていたようだ。

「い、いいえ、大丈夫です。申し訳ありません、遅くなって」

かまわない、とネイラスが微笑む。

それを見て、やはり今日は継母《ままはは》のことは相談しないでおこう、と決めた。

晴れの日に水を差したくない。

ネイラスと代わってお茶をいれ、あらためてふたりでテーブルについて向かい合った。

「やっぱり、リーネのいれてくれるお茶がいちばん美味《おい》しいな」

ネイラスが目を細めてリーネを見る。

「あ、ありがとうございます」

そのやさしげな眼差しに、紅茶に入れた角砂糖のように不安が溶けていく気がした。

夕食を済ませ、早めに休むことになり、リーネが身支度を整えてしばらくするとネイラスも寝室にやって来た。

「疲れてないの？」

ベッドで本を読もうとしていたリーネに、ネイラスが不思議そうに尋ねる。確かに今日は結婚式で一日大変だった。

「はい。でも、わたし、どんなに疲れていても寝る前は本を読まないと変な感じがして……ちょっとだけ読んで寝てしまう時もあるんですけど、とリーネは続けた。

「なるほどね」

そう言いながら、ネイラスが隣のベッドに横になる。

「じゃあ、僕は眠るまでこうして君を見つめていていいかな」

「え、ええ？」

リーネは驚いて、手にしていた本を取り落としてしまいそうになった。

「そんな、見ていてもなにもおもしろくないと思いますけど……」

うろたえるリーネにネイラスが目を細めて微笑む。

「そんなことはないよ。僕は君が本を読んでいる横顔が好きなんだ」

横顔？　とリーネは自分の頬に手を当ててみたが、なにか変わっているとも思えない。

「さあ、僕のことは気にしないで」

「は、はい」

リーネは本に向き直った。

なんとか文字を追おうとするが、見つめられていると意識して集中できない。

それでも三ページほど読んでちらりと横を見ると——

「あ……」

ネイラスはすでに気持ちよさそうに眠っていた。

あまりの寝付きのよさにリーネは唖然とする。

けれど、同時に無防備な寝顔がなんだか子どもみたいで微笑ましいとも感じた。

「風邪をひいてしまいますよ」

囁《ささや》いてからリーネは本を置いてベッドを下り、ネイラスを起こさないように、そっと彼の肩まで上掛けを引き上げた。

いつもはあまりにも整った彼の顔立ちにどぎまぎしてしまって、つい目を逸らしてしまうけれど、眠っているネイラスならいつまでも見つめていられる。

リーネはしばらく夫の寝顔を眺めていた。

こんな寝顔を見られるのも自分だけなのだ、と思いながら。

★　★　★

目が覚めて、リーネは自分がどこにいるのかわからなかった。

なにしろ、いつもと目に入ってくる天井が違う。

「……？」

そして、はっとして飛び起きた。

ここは新居だ。

リーネは昨日、結婚したのだ。

隣のベッドを見ると、ネイラスの姿がない。

「え？」

あわてて起き上がり、着替えを済ませて居間へと下りたところ、いいにおいがした。

それに、台所の方で物音がする。

「お、おはようございます……」

そろそろと顔を出すとネイラスが振り返った。

「おはよう、リーネ」

「な、なにをなさっているのですか？」

リーネが尋ねると、彼が笑って答えた。

「なにって、朝食の準備だよ」

「そ、そんな……！」

わたしがやります、とリーネはあわてる。

「大丈夫。もうできたよ。丁度よかった」

そんなに凝《こ》ったものはできないけど、とネイラスが皿を手渡してきた。

皿にはパンと目玉焼き、そしてサラダが載っている。

「お料理……できるんですね」

リーネが呆然としていると、ネイラスが言った。

「前にそう言っただろう？　まあ、見ての通り簡単なものならだけどね。あとは、お茶をいれるだけだから、頼めるかな？」

「は、はい」

居間のテーブルに皿を置いて、リーネは台所に戻る。

ケトルを火にかけてお湯が沸くまでの間に、リーネは素早くりんごを剥《む》き、皿に盛りつける。

お茶をいれたポットを持って居間へ行くと、テーブルの上にはすっかり朝食の準備が整っていた。

立ち尽くしていたところ、ネイラスに顔を覗き込まれる。

「どうしたの？」

はっと我に返り、リーネは頬を赤らめた。

「あの、なんだか、夢みたいで」

そう言うと、くすくす笑われてしまう。

「大げさだな。そんなに感激するほどのものじゃないだろう？」

「で、でも……！」

本当に夢みたいだ。こうして誰かと一緒に朝食をとる日がくるなんて。

同時にいままでのひとりの食卓がどんなに殺風景なものだったか、リーネは思い知ったのだ。

テーブルにつくことを促《うなが》され、カップを用意して朝食の席につく。

「そういえば、わたし、寝過ごしてしまって……」

ネイラスがテーブルの向こうで微笑む。

「寝過ごしてなんてないよ、大丈夫。目が覚めてしまったから先に起きただけなんだ。やっぱり、楽しみでね」

「楽しみ、ですか？」

一体、なにが楽しみなのかとリーネは首を傾げる。

「そうだよ。君とこうして初めての朝を迎えるのがね、楽しみだったんだ」

「……！」

リーネはみるみる頬が熱くなるのを感じて思わず俯《うつむ》いた。だが、なんとか、いまの気持ちをネイラスに伝える。

「と、とっても、素敵な朝だと思います」

消え入りそうな声だったものの、ネイラスはよろこんでくれて、なごやかな雰囲気がふたりを包んだ。

「さあ、食べようか」

「はい。いただきます」

ネイラスお手製の朝食は、目玉焼きの焼き加減が絶妙だし、サラダも新鮮で瑞々《みずみず》しい。

「美味《おい》しいです、すごく」

「口に合ったようでよかった」

料理は意外と好きなんだ、とネイラスが口にした。リーネは自分もそう言える日が来るようがんばらなくては、とひっそり思う。

「これからの朝食も、できる日は僕が作ろう」

「え！　そんな……」

とんでもない、とリーネはうろたえる。

「もちろん、できない日もあるだろうから、その時は頼むよ」

「よろしいのですか？」

なにしろ、ネイラスは歴《れっき》としたこの国の王なのだ。

だが、ネイラスは少しも気にしていないような声で答えた。

「僕もできる限りのことはするよ。当然だろう？　ふたりで暮らしていくのだから、助け合っていかなくてはね」

でも、とネイラスが続けた。

「たまには君に、朝食ができたとやさしく起こしてもらうのも、いいかもしれないな」

リーネはどきりとしてなにも言えなかった。

こうして国王と王妃の変わった新婚生活がはじまったのだった。

★　★　★

ネイラスと朝食をともにした後、まるで生まれ変わったような気分で、リーネは図書館へと出勤した。

心が弾んでいるからか、見慣れた古めかしい建物も新鮮に見える。

そうして廊下を歩いていると、トリスタンの姿に気づいた。

「おはようございます、トリスタン」

元気に声をかけたところ、振り返った彼がぎょっとしている。

「どうしました？」

リーネは頭に手をやった。

今日は寝癖もついていないはずだ。

朝、起きてからしっかり確認してきたのだから。

「いや、昨日式を挙げて結婚したのだろう？」

「はい、そうです」

首を傾げると、どこか呆れた様子でトリスタンが言葉を続けた。

「こういう時は、しばらく仕事は休むものじゃないのか？」

「え！　そ、そうなんですか？」

リーネの驚きように、トリスタンの方が驚いている。

「普通、ふたりきりで過ごしたり、旅行に行ったりするようだが」

あんぐり口を開けているリーネに、トリスタンは今度こそ呆れたらしい。

「そういうものなんですね……知りませんでした。でも、陛下もなにもおっしゃっていませんでした し……」

「まあ、国王陛下はお忙しい身だからな」

それでいいのだろう、とトリスタンに言われたリーネは考え込む。

「陛下は、お忙しいのでしょうか？」

今度はトリスタンが考え込んだ。

「暇だとでも思っているのか？」

「そういうわけでは……でも、今日も陽が暮れるまでには帰るとおっしゃっていました」

なるほど、とトリスタンがうなずく。

「陛下は少々無理をなさっているのかもしれないな」

「トリスタンの言う通りなのでしょうね……」

すっかり気分が落ち込んでしまい、リーネは立ち尽くした。

「だが、そんなに気にすることもないだろう。陛下もおまえとの暮らしを、なんの覚悟もなく選ばれたわけではないはずだ」

「そうでしょうか」

そうだ、と断言され、リーネは少し落ち着いた。

「ありがとうございます、トリスタン。いつも困った時に助けてくれて」

「いや……」

そろそろ仕事をはじめよう、と言われたリーネはうなずき、トリスタンに別れを告げる。

「リーネ」

呼び止められて振り返るも、彼の姿は朝陽の中に溶け込んでいてよく見えない。

「言い忘れるところだった……結婚、おめでとう」

リーネは深々とトリスタンに頭を下げた。


トリスタンと別れたリーネは自分の持ち場へ向かい、急いで開館の準備に取りかかる。そして、開館の前にローラを呼び出してあることを相談してみた。

「え？　本気ですか？」

ローラが驚き、リーネの顔をまじまじと見る。

「無理でしょうか？」

「それは……」

躊躇《ため》うローラにリーネは断言した。

「もちろん無理にとは言いません。でも、もう隠れている必要はないと思うんです」

リーネは、王妃となった自分と向き合いたいと感じているのだ。

そして、少しでも自分のできることでネイラスによろこんでほしかった。

だから図書館の利用者からも隠れず、これをいい機会として本に親しんでもらいたいと思っていた。もし彼らの中に、リーネに本のことで尋ねたい者がいるのなら応えたい。

「お気持ちはわかりますが、質問する者が押しよせてきたらどうするのです？」

「ひとりひとりに対応します。だから、そのためにローラさんたちに協力してほしいんです」

ローラはしばし難しい顔をして考えていた。

「……わかりました。おそばについていましょう。ただし、はじめはお相手するのは子どもだけ、人数も限ってください。それなら、そんなに混乱しないでしょう。そして、くれぐれも無理はしないとお約束ください」

「はい。ありがとうございます、ローラさん」

リーネはうれしくなって、ローラの手を握りしめた。

「あの、リーネさま」

「なんでしょう？」

言い出しにくそうなローラの目を、リーネは覗き込んだ。

「いえ、皆の前で護衛の私をローラさんなんて呼ばない方が、と思ったのですけど……」

「え？」

なぜ急にそんなことを言い出すのか、リーネにはわからなかった。

きょとんとしていたら、ローラにくすりと笑われる。

「でも、それがリーネさまのやり方なのですよね」

「は、はい」

なんだかよくわからないが、リーネはうなずいた。

そして、この日一日、子どもとその母親に限り、リーネは司書として対応した。

ローラへ事前に相談していたおかげで、それほど大きな混乱はなかった。彼女たちが手際よく利用者の列をさばき、今日からずっとリーネが対応することを説明したため、押しよせていた利用者の中からまた明日にでも、と引き上げる者も出はじめたのだ。

リーネは司書として対応する、とあらかじめ利用者に言い渡していたが、それでも結婚の祝いを言葉にする人は多く、リーネは素直に受け取った。

こうして利用者へいろいろな本のおもしろさを説明しながら、リーネはあの『小さな王子の冒険』もすすめられればいいのに、とふと残念に思った。


仕事が終わって、リーネは急いで家に帰り夕食の準備をはじめた。

ネイラスには図書館の仕事もあるのだし、最初からそんなにがんばらなくていい、と言われているが、できる限りがんばりたかった。

王宮からはいろいろな材料やちょっとした料理が留守の間に届けられることになっている。

一体どんなものが、と思っていると、王宮から届けられた籠《かご》にはパンやチーズ、野菜などがどっさり入っていた。どれもとても助かるものばかりだ。

郵 便 は が き

1 5 0 8 7 0 1

料金受取人払郵便

渋谷局承認

9400

0 3 9

差出有効期間
平成30年10月
14日まで

東京都渋谷区恵比寿4−20−3
恵比寿ガーデンプレイスタワー5F
恵比寿ガーデンプレイス郵便局
私書箱第5057号

株式会社アルファポリス
編集部 行

お名前
ご住所 〒 TEL

※ご記入頂いた個人情報は上記編集部からのお知らせ及びアンケートの集計目的以外には使用いたしません。

ご愛読誠にありがとうございます。

読者カード

●ご購入作品名

●この本をどこでお知りになりましたか？

年齢　　歳　　　　性別　　男・女

ご職業　1.学生（大・高・中・小・その他）　2.会社員　3.公務員
4.教員　5.会社経営　6.自営業　7.主婦　8.その他（　　）

●ご意見、ご感想などありましたら、是非お聞かせ下さい。

●ご感想を広告等、書籍のPRに使わせていただいてもよろしいですか？
※ご使用させて頂く場合は、文章を省略・編集させて頂くことがございます。
（実名で可・匿名で可・不可）

●ご協力ありがとうございました。今後の参考にさせていただきます。

そして一緒に入っていた料理は、仔牛のパイ包み焼きとさくらんぼのタルトで、どちらも少し味見をしてみたリーネは驚いた。

仔牛のパイは外側の生地がさくさくと香ばしく、さくらんぼのタルトは真っ赤に熟した実がきらきらと宝石のように輝いていて、口の中で甘酸っぱくとろける。

「う……すごく美味《おい》しい……」

王宮の料理人が作っているのだから当然だったが、こんなに美味《おい》しいものを普段ネイラスは食べているのだ。

「どうしよう」

彼に料理を出す自信がなくなってしまったリーネは、どうして今日、図書館で料理の本を借りてこなかったのか、と自分を呪う。

「こんな時こそ、本の力を借りなくてどうするの、わたし……！」

いまから図書館へ戻るわけにもいかず、気を取り直して野菜のスープを作っていると、ネイラスが帰ってきた。

「え、も、もう!?」

まだスープしか準備ができていない。

だが、あわててもどうしようもなかった。

「お帰りなさいませ」

急いで出迎えると、ネイラスが扉を閉めているところだった。

「ただいま」

そう言いながら、彼は手に持っていた薔薇《ばら》を一輪、リーネに差し出した。

「まあ、きれいな薔薇《ばら》ですね」

クリーム色の花弁はまだ開ききっておらず、少しほころんでいるくらいだったが、それがまた可《か》憐《れん》に見える。

「王宮を出る時に目についたから、食卓に飾るといいと思って」

「ありがとうございます。すぐ飾りますね」

花瓶に生けようと踵《きびす》を返したリーネだったが、すぐに足を止めた。

「あの、わたし、失敗してしまいました」

「失敗？　もしかして夕食？」

ネイラスが台所を覗き込んだ。

「失敗しているようには見えないけど」

「目に見えて失敗したとかではなく、あの、ネイラスさまにできるだけ美味《おい》しいものを食べてもらえるようにもっと準備しておくべきでした」

そう口にすると、ネイラスがリーネの肩を引き寄せ額《ひたい》にキスをした。

「リーネ、はじめからそんなに気負わなくていいと言っただろう？」

「は、はい」

それに、と彼が続ける。

「僕は王宮で出されるような料理を毎日食べたいわけじゃないんだ」

リーネがはっと息を呑むと、ネイラスが微笑んだ。

「僕にとっては、どんな料理を食べるかよりも、誰と食べるかの方が大事なんだよ。もちろん君が努力してくれるのはうれしいけど、無理をする必要はない」

リーネはネイラスの顔を見上げた。

「わかりました」

彼のやさしい物言いと心遣いがリーネを安心させる。

「さあ、お腹も空《す》いたし、食事にしようか。薔薇《ばら》は僕が生けるよ」

ネイラスの手に薔薇《ばら》を渡し、リーネは料理を温めてテーブルに並べた。

ガラスの花瓶に飾られた淡いクリーム色の薔薇《ばら》は、まさに食卓に華を添えてくれて、ふたりは楽しい夕食の時を過ごしたのだった。


そして、後片づけをして食後のお茶を入れながら、リーネはくつろいでいるネイラスをちらりと見た。

「あの、今日、トリスタンに言われたのですけど……」

そう切り出すと、ネイラスがしばらくしてから答える。

「トリスタン？　ああ、あの次期図書館長と目《もく》されている彼か」

「はい。そのトリスタンが、陛下はお忙しいのに無理をしていらっしゃるのではないかと。わたしも、ネイラスさまとこうして過ごせるのはうれしいのですが、そのために無理をされているのではないかと思って……」

ネイラスがリーネに座るように促《うなが》した。

言われた通り、テーブルの向かいに腰掛ける。

「国王の仕事は確かに忙しい。だから、王宮にいたらいくらでも仕事が押しよせてきてね、切りがないんだ」

「そうなのですね」

リーネも図書館に住んでいたからわかる。仕事が終わっても、つい夜遅くまで傷《いた》んだ本の修復などをしてしまっていたものだ。

もちろん苦ではなかったが。

「だから、こうして王宮ではない家に帰るのだと思うと、僕も仕事に区切りをつけやすいし、早く帰ろうと励《はげ》みにもなる」

「ネイラスさま……」

ネイラスの言葉に胸がいっぱいになった。

「リーネ、君は？」

「え？」

「君も帰る家ができただろう？　この家に帰るのが楽しみだったりしたかな？」

「わ、わたし……」

なんだか胸が苦しくて答えられずにいると、ネイラスが心配そうな顔をしていることに気づいた。

「リーネ」

「は、はい」

いつの間にか自分の声が掠《かす》れていることに驚いてしまう。すると、ネイラスがテーブルを回って
リーネの横に立った。

そして、指でそっとリーネの頬に触れる。

「あ……」

彼が指先で拭《ぬぐ》ったのは、涙だった。

あわててリーネも頬に手をやると、やはり涙に濡《ぬ》れていた。

「わたし……どうしたんでしょう？」

胸は苦しかったが、泣いている自覚なんてなかったのだ。

「どうもしていないさ」

リーネは椅子に腰掛けたままネイラスにやさしく抱き寄せられた。

「ネイラスさま……」

震える息をつくと、ネイラスがゆっくりとした手つきで髪を撫《な》でてくれる。

「君は、結婚してよかったんだと思う」

温かい声に、リーネは小さくうなずく。

「はい……わたしも、そう思います」

それは他の誰でもなくネイラスと結婚したからだと、リーネは胸の奥で噛みしめた。

「今日は疲れたんだろう？」

「はい、少し」

リーネは素直に再びうなずく。

倉庫の整理もやりがいがないわけではないが、今日は久しぶりに司書として利用者たちと接して楽しかった。ただ、とても疲れた。

ネイラスは、ローラからそのことを知らされているのかもしれない。

「だったら、もう今日は早めに休むといい」

「そうさせていただきます」

ふいに彼の体が離れていく。

「じゃあ、このままベッドまで運んでいってあげようか？」

目を細めるネイラスの美貌に、涙も引っ込んでしまった。

「い、いいえ、とんでもないです」

リーネが音を立てて椅子から立ち上がると、彼がくすくすと笑う。

「遠慮しないで、もっと甘えてくれていいんだよ？」

「大丈夫です。そんな、か、からかわないでください」

ネイラスがその言葉にかすかに首を傾げた。

「からかっていると思ってるんだ？」

なにも答えられず目を丸くしていると、ネイラスが残念そうに言った。

「まあ、それならそれでいいけど……いまのところはね」

口の端を上げて微笑む彼に、リーネはまたどきどきしてしまう。

「あ、あの、それでは、お休みなさい」

あわただしくそれだけ言うと、リーネは寝室へと逃げるように飛び込んだ。

一緒に暮らしてみるとネイラスはとてもやさしい夫で、いつしかリーネは婚約中の不安など忘れていたのだった。

★　★　★

ここのところ毎日のように、リーネは図書館に訪れる市民と交流を深めている。

おかげで、以前よりも司書の仕事にやりがいを感じるようになって充実していた。

「ふぅ……っ」

顔の前ほどまでの高さで抱えていた本をテーブルにどさりと置くと、向かいにトリスタンの姿を見つけた。

「随分忙しそうにしているな」

「トリスタン」

彼と言葉を交わすのも久しぶりだ。

「はい、本の貸し出しも増えて大変です」

リーネはテーブルに置いた本をあらためて眺めた。

「トリスタンこそ、最近は館長室で希少本の整理を手伝っているとか」

館長室は地下にあり、それで最近トリスタンの姿をあまり見かけなかったのだろう。

「ああ。だから、たまにはこうして地上に出て陽の光を浴びないとな」

確かに、あまり顔色がよくないように見える。

リーネは少し心配になって尋ねた。

「だったら、今日は中庭で一緒に昼食をとりませんか？」

もうすぐ昼の休憩時間で、天気もいいし、トリスタンの気分転換になれば、と思ったのだ。

「そうだな。いい考えだ」

そんなことを話していたところ、辺りが騒がしくなる。

しかも、騒ぎはこちらに近づいてきているようだ。

「なんでしょう？」

リーネが首を傾げていると、お付きの者を大勢引き連れたドレスの人影が見えてきた。図書館ではあまり見かけない、めずらしい装《よそお》いだ。

「こちらにいらしたのですね、妃殿下」

そう言ってリーネの前に現れたのは、華やかな出で立ちの美しい女性だった。明るい金の髪が映える淡い紫色のドレスがとても似合っている。

「え、あの……？」

リーネがとまどっていると、女性がにっこり微笑んだ。

「お忘れですか？　わたくし、以前、舞踏会の夜に陛下と一緒にいるところを、王宮の中庭でお目にかかった者です」

もちろん、正式に名乗ったわけではありませんが、と女性が断る。

舞踏会ときいてリーネははっとした。

「し、失礼しました。おぼえています、あの時の……」

中庭でネイラスを舞踏会に呼び戻しに来た、美しいドレスの女性だ。あの時とは印象が違っていてすぐに気づけなかった。

「あらためてご挨拶《あいさつ》いたします、わたくしはレイチェル・ソーンと申します」

膝を折って挨拶《あいさつ》するレイチェルは優雅で、貴族に相応《ふさわ》しい気品がある。

「あの、それで、今日は……？」

お互いにあまりいい印象を抱かなかった出会いだったのではないかと思うが、一体なぜリーネを訪ねてきたのだろう。

「実は、妃殿下にお願いがあって参ったのです。明日、わが家で開くサロンで朗読会を催《もよお》せたら、と考えておりましたの。そこで妃殿下のことを思い出したのです」

突然、レイチェルがリーネの手をとった。

「ぜひ、妃殿下に本の朗読をお願いしたいのです。いかがでしょう？」

「わ、わたしが？」

急な話で申し訳ない、とレイチェルは言うが、断られるとはまったく思っていない様子に見える。

リーネは戸惑った。

図書館ではたまに朗読会が開かれているが、人前に出るのが苦手なリーネは一度も担当したことがない。

子どもたちに読みきかせをした経験があるくらいだ。

「サロンに集まるのは妃殿下と同じ年頃の娘たちばかりですので、そのように構えずとも、お気軽にいらしてくだされば皆よろこびます」

そう言われても、リーネはこれまで社交界というものに出たことがなく、同じ年頃の友人もいないせいで、気安くは考えられなかった。

正直、とても本の朗読などできそうにない。

どうすればいいかわからず、リーネはトリスタンを見た。すると、彼が一歩前に出る。

「……この図書館には他に朗読の得意な者もおります。妃殿下はこれまでそういった機会がなかったので、慣れた者の方がソーン伯爵家のサロンにも相応《ふさわ》しいかと思われますが？」

リーネは驚いた。

どうやらトリスタンはレイチェルの素性を知っていたらしい。彼女はさぞ名家の出身なのだ。同じ伯爵家とはいえ、リーネの父は引き継いだ爵位も領地も細々と繋いでいければいいとしか考えておらず、権力にもまったく興味を持たないでいた。それに加え、継母《ままはは》に社交界から遠ざけられていたせいで、リーネは貴族の世界に疎《うと》かった。

「まあ、わかっておられませんのね」

レイチェルがくすくすと笑った。

「妃殿下だからこそ、皆よろこぶのではありませんか」

そっとレイチェルが近づいてきてリーネに耳打ちする。

「社交がお得意でないのは存じておりますが、本のことならお詳しいのでしょう？　ご自分のお得意なことで陛下のお役に立てる機会と思われてはいかがです？」

リーネははっとした。

ネイラスからは王妃らしいことはなにもしなくていいと言われているが、その言葉に甘えすぎているのではないかと感じていたところだったからだ。

「……妃殿下から申し出れば、陛下もよろこばれますわ、きっと」

すぐそばのレイチェルの顔を見つめ返したところ、彼女はおだやかに微笑んでいる。あの夜、庭で睨《にら》みつけられた時の印象とはずいぶん違っていた。

「わ、わかりました。わたしでよろしければ……」

「まあ、ありがとうございます。皆よろこびますわ！」

満面の笑みでレイチェルが声を上げる中、心配そうなトリスタンと目が合った。

「いいのか？　まずは陛下にご相談してからでも遅くないと思うが」

リーネにそう声をかけてきたトリスタンを、レイチェルが一瞥《いちべつ》する。

「そんなに心配なさるのなら、あなたもご一緒にサロンにいらしたら？　その方が妃殿下もお心強いでしょう？」

彼が眉をひそめるのを見て、リーネはあわてて言った。

「大丈夫です。わたしは、ひとりでうかがいますから」

正直心細いが、引き受けたのはリーネだ。ただでさえ忙しいトリスタンに同行してもらうわけにはいかない。

「……いや、確かにそうですね。私もご一緒しましょう」

請け負ったトリスタンに、レイチェルが満足そうにうなずいた。

「それでは、明日この図書館に迎えを寄越しますわ。朗読していただく本は、妃殿下にお任せいたしますので、よろしくお願いいたします」

ぞろぞろと侍女を従え帰っていくレイチェルの背中を見送りながら、リーネは不安でいっぱいだった。

そもそも、どういう本を朗読すればよろこばれるだろう？

「サロンとやらに集まるのは、貴族の娘たちだと言っていた。リーネは朗読に慣れていないし、持っていく本は若い娘が好む詩集がいいんじゃないか？」

トリスタンの声にリーネは振り返った。

「ありがとうございます、トリスタン。でも、本当に一緒に来ていただいていいんですか？」

かまわない、と言った彼が、なにやら考え込む。

「それより、リーネ。ソーン伯爵の娘とはどういう関係だ？」

リーネは困った。

「関係というか、以前陛下のもとへうかがった時、たまたま王宮でお会いしただけです」

だから、名前もおぼえていなかったのだ。

「それで、あの娘は陛下と一緒にいたのか？」

「はい」

そうか、と口にしたトリスタンは、また黙ってしまった。

「あの、トリスタン？」

なにがひっかかっているのだろう。

確かに、突然の話でリーネも驚いたが……

ややあって、物思いから覚めたようにトリスタンがつぶやいた。

「本を丸々一冊読めとは言わないだろうが、あまり長い読み物は避けるべきだな。突然やって来て明日だというのも急すぎる。あらかじめ準備をさせないつもりなのだろう。あの様子では、おそらく朗読会は口実……」

「え？　どういうことですか？」

いや、とトリスタンは言葉を濁す。

「さて、これから朗読する本をさがすとするか」

「いいえ。そこまでしていただくわけにはいきません。それは、わたしが……」

やはり、トリスタンになにもかも甘えるわけにはいかない。

「気にするな。その代わり、のんびり中庭で昼食とはいかないぞ」

「は、はい」

その後、食堂であわただしく食事を済ませ、リーネはトリスタンとともに朗読会の本を選んだのだった。


そして夜、リーネは帰宅したネイラスに今日あったことを話した。

いつでもネイラスは、リーネの話を嫌な顔ひとつせずきいてくれる。

「朗読会？」

「はい。今日、レイチェルさんが図書館までわざわざいらしてくれたのです。明日お屋敷のサロンで朗読会を開きたいとおっしゃって。それで、その朗読と本を選ぶ役をわたしにと」

ネイラスがなんと言うか、リーネは内心どきどきしていた。

「明日？　ずいぶん急な話だな」

ネイラスは上着を脱いでから椅子に腰掛け、足を組んだ。そんな彼へ、リーネは言葉を続ける。

「最初、レイチェルさんが以前王宮の中庭で会ったことのある方だと気づけませんでした」

「ああ、そういえばそういうこともあったね。彼女は幼い頃から王宮に出入りしていて、まあ、なんというか幼なじみのようなものだ」

あの時は親しそうに見えたが、ネイラスの口ぶりは素っ気ない。

「リーネ、もしかしてだけど、僕のためになんて考えて引き受けたのかい？」

どきりとした。

まだネイラスの役に立てるかどうかはっきりとした自信はないのに、そうだとは答えにくい。

だが、咄嗟《とっさ》に上手い言い訳が思いつかなかった。

「え、えっと……」

うろたえていると、ネイラスが椅子から立ち上がり近づいてきた。

「リーネ」

そうしてあっという間に彼の腕の中に引き寄せられる。

「王妃に向いていないと思っている君が、僕のために役に立とうとしてくれるのはうれしい。ただ、そのために無理はしなくていいんだ」

「でも……」

ネイラスが顔を近づけてきて、間近でリーネの瞳を覗き込む。

「それに、君は王妃としてのつとめを立派に果たしている」

「そ、そうなんですか？」

リーネにそんな実感はまったくなかった。

「僕は最近大臣たちに、寛容になったと驚かれているよ」

こつん、とリーネの額《ひたい》にネイラスのそれがくっつけられる。

「そして、それは君のおかげだってね」

「わたしの……」

リーネは胸がいっぱいになった。

いまは、それでいいのかもしれないと。

「でも、もう約束してしまいましたし、朗読会には行ってこようと思います。トリスタンも一緒に行ってくださるそうですから」

「トリスタンが？」

ネイラスが顔を離し、リーネを見る。

「はい。たまたまレイチェルさんがいらした時、一緒にいたので」

少しの間、ネイラスが考え込むように黙った。

「……まあ、心配ないだろう。彼は理知的な男に思えるし」

「……？」

リーネの顔を見て、ネイラスが微笑んだ。

「彼は信頼できる。どんな時でも落ち着いているようだから、と言ったんだ」

そうですね、とリーネは同意する。

「わたしもトリスタンがあわてているところなんて見たことがありません」

以前、目の前で老朽化した書架が突然壊れ、本が雪崩《なだれ》を起こした時も、トリスタンは動じなかったくらいだ。

「じゃあ、後で朗読の練習をするといい。僕がきいてあげるよ」

「本当ですか？」

もちろん、とネイラスが微笑んだ。

いろいろと不安はあったが、明日の朗読会をなんとか成功させたい、とリーネは強く思った。


明くる朝、レイチェルが言った通り図書館に迎えにきた馬車にトリスタンと乗り、リーネはソーン伯爵家に向かった。

伯爵家の屋敷は森の中の広い敷地に建っていた。

城かと思うほど大きな屋敷で、それだけで伯爵家の権威がうかがい知れる。

「すごいお屋敷ですね」

「王宮ほどではないだろう」

そんな話をしていると、馬車が止まり、ふたりは屋敷内に案内された。出迎えたソーン家の執事がレイチェルを呼びにいっている間に、トリスタンがリーネを見て言う。

「もう少し着飾ってきた方がよかったんじゃないか？」

リーネはいつも図書館で働いている時の、ブラウスにスカートという装《よそお》いのままだった。

「わたしは司書としてここに来たので、普段の格好で大丈夫です」

手にした本を確認していると、玄関ホールの階段をレイチェルが下りてくる。

「ようこそ、妃殿下。わざわざのお出まし、ありがとうございます。皆さん朗読会を楽しみに集まっていますわ」

レイチェルは今日も豪華なドレスで、まるで王女のように華やかだ。

なにか言いたそうにトリスタンがリーネを見るが、彼女と並べば自分が見劣りすることははじめからわかっている。動じる必要はない。

「さあ、こちらです」

レイチェルに案内され、朗読会が開かれる広間へと向かった。

「皆さん、妃殿下のお着きです」

歓迎の拍手が起き、リーネは頭を下げた。

広間は女性ばかりで、ひとりだけ男性であるトリスタンが少し気の毒になった。居心地が悪いのではないかと思ったが、彼は平然として見える。

サロンの客としているのは、華やかに着飾った娘が二十名ほど。

皆、思い思いにくつろいで、絨毯《じゅうたん》の上に置かれたクッションに腰を下ろしている。

こんな光景を目にすることは滅多にないが、若い娘たちがいると、リーネはいつも妹の姿をさがしてしまう。

もしかして、と期待しながら。その時――

「……っ！」

リーネは動揺して、手にしていた本を取り落としてしまいそうになった。

広間の端の目立たないところにレイラがいたのだ。

「どうした？」

トリスタンの声にリーネは我に返った。

「い、いいえ……なんでも……ありません」

ここでなにもかも気にせずに、レイラへ声をかけたらどうなるだろう？

だが、リーネが王妃となったことを妹はどう思っているかわからないのだ。

王妃になったとはいえ、相変わらず地味で冴えない自分の妹だと、友人に知られては迷惑かもしれない……

やっぱりもう少し華やかな装《よそお》いで来るべきだったか、とリーネはやや後悔する。

「皆さま、お待たせいたしました。それでは朗読会をはじめたいと思います」

高らかに響いたレイチェルの声に、リーネは緊張で手足が強ばるのを感じた。

喉の奥が重くなり、息を呑んでいると、隣にいるトリスタンが小さな声で言う。

「あまり緊張するな。娘たちの目は気にせずに、ただ読むことに集中するんだ」

「は、はい」

レイラのことは気になるが、いまは朗読に集中しなくては。

もしかしたらこれが終わった後、妹と話す機会があるかもしれない。

「妃殿下、それではお願いいたします」

まずは挨拶《あいさつ》を、と促《うなが》され、リーネはぎくしゃくと前に出た。

「……あ、あの、今日はお招きありがとうございます。わたしは、その……図書館司書として参りました、リーネと申します。これを機に、皆さんに本に親しんでいただければと、この朗読会を引き受けました。それでは、詩を朗読させていただきたいと思います。まず、この詩集は……」

詩集の作者のことを簡単に説明し、リーネは朗読をはじめた。

なんとかつっかえずに五編の詩を読み終えたが、部屋は静まり返っている。

なにか失敗してしまったか、と思い返すが、頭の中が真っ白でわからない。しかも、気づくと広間にレイラの姿はなかった。

さっきの妹の姿は、見間違いだったのだろうか。

リーネが呆然としていると、レイチェルが小さく咳払いをしてから言った。

「なんと申しますか……恋情の詩なんて、驚きましたわ。随分と俗っぽいものをお選びになるのですね、王妃さまともあろうお方が」

「え……」

できれば、もっと高尚で心が洗われるようなものがよかった、とレイチェルが続けた途端、同意するようにまわりの娘たちがくすくすと笑い出し、リーネはうろたえた。

「そ、そうでしたか……あの……」

「申し訳ありません。その詩集を選んだのは、妃殿下ではなく私です」

娘たちの視線が一斉にトリスタンに集まった。

レイチェルが美しい眉を寄せる。

「……あなたが？　わたくしは、妃殿下にお願いしましたのに？」

「妃殿下は、国王陛下のかけがえのないお方でありながら、図書館で司書としてのつとめも果たされています。司書という仕事を通して市民との触れ合いも大切になさっていて、大変多忙なのです。なのに、それを失念されていたのは、そちらの方では？」

「な……っ」

レイチェルは整った顔を歪《ゆが》ませ、きつくトリスタンを睨《にら》みつける。

あの夜、王宮の庭で目にした時の変貌と同じだ。

だが、トリスタンに怯《ひる》んだ様子はない。

「そのようなことも思い至らない方には、耳に心地いいこの詩集がお好みなのではと思い、私が選んだまでです」

集まっている貴族の娘たちがざわつき、室内が不穏な空気に満ちていく。

「あの、トリスタン、それはちょっと……」

さすがにリーネもトリスタンを咎《とが》めた。

「この詩集は確かに、恋心を扱ったものが多いですが、とても美しい言葉で紡《つむ》がれています。そんな言い方は……」

リーネの物言いに、トリスタンとレイチェルが怪訝《けげん》な顔をした。

「あ、あの……なにか？」

リーネの問いに、トリスタンが答える。

「そういう意味ではないのだが……」

「え？」

ふたりの間でリーネがおろおろしていると、どこか呆れた表情のレイチェルが口を開いた。

「……そうですね、この方の言う通りです。わたくしが思い至りませんでしたわ、妃殿下。どうかお許しください」

すんなり謝罪され、リーネもあわてて言葉を返す。

「いいえ、あらかじめもっとお話をうかがっておかなかったわたしもいけないのです」

「なんておやさしいのでしょう。妃殿下のお心の広さに感服いたしました」

レイチェルは広間を振り返る。

「さあ、妃殿下もお疲れになったでしょうし、皆さま、そろそろお茶にいたしましょう」

そう宣言したレイチェルが、隣のサンルームへと客を促《うなが》す。

「おかしいな」

なんとか場が収まったとほっとしていたリーネは、トリスタンの言葉に驚いてきき返した。

「なにがですか？」

「怒って、我々をさっさと追い出すと思っていたが……」

あてが外れた、とトリスタンがつぶやいていると、レイチェルから声がかかる。

「まあ、いい。それじゃあ、優雅にお茶をごちそうになろうか」

「は、はい」

そうして歩き出したトリスタンがすぐに足を止めた。

「ああ、言い忘れていた。さっきの朗読だが、はじめての割には悪くなかった」

一瞬、きょとんとしてしまった。言葉の意味をゆっくり考えてからはっとする。

「ほ、本当ですか？　トリスタン」

うれしかった。

引っ込み思案なリーネだが、こうしてたまには新しいことをやってみるのも悪くない、と感じた。

それも、ネイラスのためにと決めたことだったから、なおさらだ。

なんだか少し自分が変われたようでほっとしつつ、リーネはトリスタンとともに遅れてサンルームへ向かった。


伯爵家のサンルームだけあって、そこは天井の高いガラス張りの贅沢《ぜいたく》な部屋で、真っ白なテーブルクロスの掛けられた小さな丸テーブルがいくつも並んでいる。娘たちはすでに思い思いのテーブルについて、談笑しながらお茶とお菓子を楽しんでいた。

給仕に促《うなが》され、リーネはトリスタンとともにレイチェルの待つテーブルにつく。

まわりを見ても、やはりレイラの姿はない。

やはり見間違いだったのかもしれない、と思っていると、レイチェルが言った。

「お疲れになったでしょう？」

「いいえ、大丈夫です」

話している間に給仕が紅茶の入ったカップを運んでくる。

「我が家自慢の紅茶ですの。どうぞ、妃殿下」

「ありがとうございます」

カップを口に運ぼうとして、リーネは香りがきついことに気がついた。

思わず手を止めてカップを見ると、レイチェルが心配そうに尋ねてくる。

「お口に合いませんか？　紅茶がお好きでないのなら、なにか他のものを用意させましょうか？」

「いえ、そんなことありません。いただきます」

リーネは繊細《せんさい》な花の模様と金の縁取《ふちど》りが美しいカップに口をつけた。

その紅茶は甘ったるくて、飲むと喉の奥が熱くなっていく。

「とっても、その、美味《おい》しいですね」

不思議な味だが、こういう紅茶もあるのだろう。

隣に座るトリスタンも特に驚いている様子はない。

「まあ、よかった。こちらのお菓子もご一緒にどうぞ」

テーブルには、小さくて色鮮やかなケーキや、フルーツの挟んであるサンドイッチがずらりと並べられていた。

他のテーブルにも同じものが載っていて、娘たちは話に花を咲かせながら美味《おい》しそうに摘《つ》まんでいる。

リーネも、黙っていないでなにか自分から話しかけなくては、と意気込んだものの緊張に声が震えてしまう。

「あの、レイチェルさんは、陛下の幼なじみだとうかがいましたけど……」

「幼なじみ？」

レイチェルの眉が一瞬ぴくりと吊り上がったが、彼女はすぐにおだやかな微笑みを浮かべた。

「ええ、そうです」

「子どもの頃の陛下もご存じなのですよね？」

そう言うと、レイチェルが得意げに顎《あご》を上げた。

「よく存じていますわ。陛下は、子どもの頃から聡明で、大人びていらした……」

その時を懐かしむようなレイチェルの横顔に、リーネはなぜか胸が騒いだ。

だが自分の胸の内のざわめきなのに、よく理由がわからない。

「陛下はなにをなさっても前国王であった兄君より上手いのに、それを隠しておられました。ずっと本当のご自分を殺していらしたも同然です」

「え……」

ガチャン、とカップが落ちる大きな音が響き、辺りのざわめきが止まった。

「リーネ？」

「わ、わたし……」

カップを落としてしまったのは、リーネだった。急にカップがひどく重くなったのだ。

「も、申し訳……」

紅茶が真っ白なテーブルクロスに広がり、リーネのスカートも濡《ぬ》らしていく。なんとかしなければ、と思うが体に力が入らない。

それどころか頭がふらつき、気が遠くなってきた。

「リーネ、どうした？」

椅子から滑り落ちそうになったリーネの体をトリスタンが抱きとめる。

「リーネ！　リーネ！」

薄れていく意識の中、リーネはこんなにあわてているトリスタンを見るのははじめてだと、ぼんやり感じていた。


「ん……」

くちびるになにか触れたような気がして、リーネは目を開けた。

すると、驚くほど間近にトリスタンの顔がある。

「……トリスタン？」

その時、扉が開く音がして、声がきこえた。

「……なにをしている？」

「え……ネイラスさま？」

リーネはぼんやりした頭を懸命に働かせる。

目の前にいたのはトリスタンだが、きこえてきた声はネイラスのものだ。

「な、なに……どういう……？」

目をこするとやっと視界がはっきりした。

トリスタンの顔の向こうには見たことのない大きな天蓋《てんがい》がある。

「なにをしているときいているのだが？」

やはりネイラスの声だ。

リーネがなんとか視線を巡らすと、開け放たれたドアの前にネイラスが立っていた。彼は心なしか険《けわ》しい顔をしている。

「これは、陛下」

屈《かが》み込んでいたトリスタンが顔を上げた。

「失礼しました。リーネ……いえ、妃殿下の呼気を確認していたのです」

「呼気を？　なぜそんなものを確認する必要がある？」

それは、とトリスタンが説明をはじめる。

「妃殿下がお茶を飲まれた後、急にふらついて倒れられたのでおかしいと思ったのです。いまお調べしたところ、呼気からブランデーの香りがしました。誰かが妃殿下の紅茶に強いブランデーを入れたのでしょう。私の紅茶はただの紅茶でしたから、意図的なものだと考えられます」

そして、とトリスタンは続けた。

「その誰かは、調べなくてもわかるでしょう」

「……そうだな」

ふたりの会話が耳に入ってはくるが、まだ頭がぼんやりとしていて意味がよくわからない。

「君が介抱せざるをえない状況をつくることで、君とリーネの仲を私に疑わせようとでもしていたのかもしれないな」

「疑われなかったのですか？」

トリスタンの言葉にネイラスが苦笑する。

「君はそんな男じゃないだろう？」

今度はトリスタンが苦笑した。

「ですが、陛下が部屋に入ってこられた時、私は首をはねられるかと思いました」

ネイラスが黙り込み、なんだか部屋の雰囲気が変わった。

「……陛下、冗談です」

雰囲気は和《なご》まず、ふたりは無言で目を合わせたままだ。リーネはそこでやっと体を起こすことができた。

「……っ」

だが、まだ頭がくらくらしてふらついてしまう。

「リーネ」

トリスタンが支えてくれたものの、すぐにその手をはっと離す。そして、ネイラスに抱き寄せられた。

「大丈夫かい？　リーネ」

「ネイラスさま、どうしてここに？　ここは……レイチェルさんのお屋敷ですよね？」

リーネが寝かされているのは、見慣れぬ部屋の大きな天蓋《てんがい》付きのベッドだ。

「そうだね。僕は君が倒れたときいて飛んできたんだ」

「そんな……」

国王として多忙なネイラスに来てもらうなんて。役に立つどころか、とんでもない失敗だった。

だが、彼は迷惑がる気配もなく心配そうにリーネを見ている。

「気分は？」

「はい、さっきは少し気分が悪かったですけど、もう大丈夫みたいです。あの紅茶、お酒が入っていたんですか？　お酒なんてはじめて飲みましたから、気づかなくて……」

ネイラスがリーネの頬にかかっていた髪をそっと払う中、また部屋の扉が開いた。レイチェルだ。

いつもの余裕ある微笑みではなく、硬い表情をしている。

「陛下……この度の件は……」

「待て、レイチェル。話なら部屋の外で私がきこう」

ネイラスが立ち上がり、レイチェルを伴って部屋から出て行った。リーネが扉を見つめているとトリスタンが言う。

「リーネ、陛下のなさることだ。なにも心配する必要はない」

「はい……でも……」

再び扉が開くのを待つが、なかなかネイラスは戻ってこない。

トリスタンも黙っているので、間が持たないような気がしてリーネは口を開いた。

「あの、トリスタン。さっき……気のせいかもしれないんですけど、わたしの……顔に触りました？」

そう尋ねると、トリスタンが眉を寄せてリーネを見た。

彼の妙な反応に、リーネは不安になる。とてもそのまま口に出せなかったが、本当は、くちびるに触れられた気がしたからだ。

体を強ばらせながら返事を待っていると、トリスタンが答えた。

「……その件についてはお答えいたしかねます、妃殿下」

「え？」

畏《かしこ》まった物言いに、唖然として彼を見る。

「ど、どうしてですか？」

おろおろしているリーネの姿に、トリスタンが小さく噴き出した。

「まったく……よだれを拭いてやったと言わないでおこうと思ったのに」

「よ……!?」

リーネは思わず口を押さえて呆然とする。

「拭いておいてよかっただろう？　そのあとすぐに陛下がいらしたのだから」

「ほ、本当に、わたし……!?」

「ああ、大口を開けて寝ていたからな。まあ、いつものことで陛下も驚かれないかもしれないが」

そんなことを話していると、再び扉が開き、ネイラスが戻ってきた。

「お話は終わったのですか？」

リーネが声をかけるとネイラスがうなずいた。

「レイチェルの話では、慣れない給仕がほんの数滴ブランデーを入れるところ、間違えてたっぷり入れてしまったらしいということだそうだ」

リーネはそれなら仕方がない、と思ったが、トリスタンはネイラスと顔を見合わせている。

「……もう心配はない」

そう言い切ったネイラスを、トリスタンはしばらく見つめていた。

「わかりました。それでは私はこれで」

ふたりの間だけで話がまとまったようで、リーネは納得いかない表情を浮かべる。

「いろいろとリーネが世話になった。礼を言う」

とんでもない、とトリスタンは首を横に振った。

「君のために馬車を呼んである。それで図書館に戻ってくれ」

「お気遣いありがとうございます、陛下」

それでは、と頭を下げてトリスタンが出ていき、リーネはネイラスとふたりきりになった。

大きく息をついてネイラスがベッドに腰掛ける。

「よかった、さっきよりも顔色がよくなっているね」

ベッドの横のテーブルにある水差しから注いだ水を、ネイラスが手渡してくれた。

「申し訳ありません、わたし、その、いろいろ失敗してしまいました……」

すると、彼はリーネの頬に手を添えた。

「そんなに気にすることはない。君は君なりにがんばったのだろう?」

「でも……」

リーネが俯《うつむ》くと、ネイラスが頭のてっぺんにキスをする。

「僕のためにがんばってくれた君に、なにかお礼をしなくてはね」

「お礼なんて……」

とても受け取れない。

なにしろ、こうしてネイラスには心配をかけてしまった。

「もちろん、君は高価な宝石やドレスを欲しがらないとわかっているから、もっと違うものにしよう。楽しみにしておいで」

もう少し気分がよくなったら家へ連れて帰ろうと言われ、リーネはほっとした。

★　★　★

これまで休みの日までの三日間がこんなに待ち遠しかったことはなかった、とリーネは窓を開けて清々《すがすが》しい風を感じつつ思った。

朝から気持ちよく晴れていて、絶好のピクニック日和《びより》だ。

今日は結婚して以来はじめてのふたり揃っての休日で、先日のお礼だと言うネイラスと近くの野原に行くことになっている。

「ピクニックなんて、はじめてです」

準備をしながらそう告げると、ネイラスは少し驚いていた。

「あの、父は野外でなにかを楽しむような人ではなかったので……」

貴族は舞踏会などだけではなく、狩りや船遊びなど、屋外での遊びも嗜《たしな》むものだ。

だが、リーネの父はそんな貴族らしい趣味にはまるで興味がなかったのか、いつもひとりで本を読んでいるところしか記憶にない。

「だったら、きっと君も気に入るよ」

幽閉前のネイラスは王子として、晴れた日の午後に王宮の庭で開かれるお茶会などに出席していたのだろう。

話にはきいたことがあるが、リーネはそんな席には出席した経験がなく、あまり細かいことまで想像できない。

しかし、今日はネイラスとふたりで朝からお弁当を作ったのだ。

どんな華やかなお茶会よりも素敵なピクニックになるに違いない。

準備が整い、一緒に家から出ると、森の小道に一頭の馬が連れられてきた。

「う、馬？」

いつもネイラスを迎えにくるのは馬車だったので、リーネは驚いてしまう。

「今日は天気がいいからね。馬車で出かけるのはもったいないだろう？」

そう言いながらネイラスが手綱《たづな》を受け取り、あぶみに足をかけて鞍《くら》に跨《また》がった。

「リーネ、君もおいで」

「わ、わたしもですか？」

リーネは怖《お》じ気づいた。なにしろ抱きかかえられて馬に乗ったことなんてないのだ。

「大丈夫。落としたりしないよ」

「で、でも……」

ネイラスが差し出す手をそろりと取ると、一気に引き上げられる。

「きゃあ！」

無事に鞍《くら》の上で彼の腕の中に収まったが、しばらく頭がくらくらして動けなかった。

本当に、ネイラスといると驚かされてばかりだ。

「落ち着いた？」

なんとか返事をすると、ネイラスがゆっくりと馬を進ませる。

「籠《かご》を落とさないようにしっかり持っていて」

「は、はい」

馬上は思ったより揺れたけれど、ネイラスがしっかりとリーネの体に腕を回してくれているおかげで落ちずに済んだ。

王宮の敷地から林道を抜けてしばらく走ると、川が見えてきた。

頬を撫《な》でる風が心地よく、気分が浮き立つ。

「もう少し行くといい場所があるんだ」

川沿いの開《ひら》けたところは一面短い草が生《お》い茂《しげ》り、白くて小さな花が咲いていた。

そして、陽気に誘われた人々が思い思いにくつろいでいる。

「さあ、着いたよ」

まずネイラスが馬から降り、それからリーネを抱えて下ろしてくれた。

「あ、馬が」

ふたりを下ろした途端、馬が勝手に歩いていってしまった。

だが、ネイラスは少しもあわてていない。

「大丈夫、賢い馬だからね。喉が渇いたから川の水を飲みに行ったんだ」

「そんな……いいんですか？」

扱いがよくわからないリーネには、なんの躊躇《ためら》いもなく遠ざかっていく馬が心配だった。

「誰かが連れていこうとしても見知らぬ者には手綱《たづな》をとらせないし、僕が呼べば戻ってくる」

それをきいてようやく安心したリーネは、ネイラスに籠《かご》を手渡し、並んで川辺を歩いた。

川のせせらぎが耳に心地よく、水面《みなも》を跳ねる銀色の魚やひらひらと飛び回る蝶が、耳だけでなく目も楽しませてくれる。

同じようにのんびりと散策している若い男女がリーネたちとすれ違った後、驚いて振り返っていたが、ネイラスが特に気にした様子もなく歩き続けるので、リーネもそれに倣《なら》った。

「国王陛下、妃殿下、よい日ですね」

声をかけられると、ネイラスは笑顔を向けたり軽く手を振ったりして応えた。

その姿を見て、リーネは感心する。

リーネは図書館で大勢の人に取り囲まれたが、ネイラスは声をかけられることはあっても、気安く近づいてくる人はいない。

皆、ふたりを微笑ましそうな目で遠巻きに見ているだけだ。

やはり、ネイラスには国王としての風格があるのだろう。

それに、間近で見る彼の美貌は近寄りがたさがあるのかもしれない。

しばらく歩いてから、ネイラスが川沿いの眺めのいい場所に旅行用の絨毯《じゅうたん》を敷いた。

「そろそろお昼にしようか」

「そうですね」

リーネはいそいそと籠《かご》からお弁当を取り出し、ネイラスに手渡す。

「ありがとう」

国王と王妃がなにを食べているのか、さすがに好奇心が湧いたらしく、遠巻きにしていた人の輪が少し狭《せば》まった。

リーネはまわりの視線がやや気になったが、ネイラスはまったく気にしていない。

いつも見られることに慣れているからだろう。

これからは、できればそういう視線に自分も慣れなければ、とリーネは思った。

そして、お弁当の包みからサンドイッチを取り出し、ふたりで食べる。

パンに挟んだ野菜はネイラスが選び、リーネが切ったものだ。

「やっぱり切り方が上手いから美味《おい》しいな」

彼に褒《ほ》められてリーネもあわてて言った。

「そんな、切り方なんて。陛下の選んだ組み合わせが美味《おい》しいのだと思います」

ふたりは同時に顔を見合わせた。

「まったくとても新婚らしいね、僕たちは」

「は、はい」

なんだか急に恥ずかしくなって、リーネは急いでサンドイッチを食べる。

そうして一息ついた時、ネイラスに声をかけられた。

「ほら、リーネ、口を開けて」

「え？」

見ると、ネイラスが持ってきた苺を指先で摘《つ》まんでいる。

「あの、どういうことですか？」

苺を見つめたまま首を傾げていたところ、苦笑されてしまう。

「どういうことって、食べさせてあげるってことだよ」

「……！」

リーネは驚いて口を開けた。

そこにネイラスが苺を運んできたので、焦って手で口を押さえる。

「どうしたの？　苺、好きだろう？」

「す、好きですけど、だ、大丈夫です。自分で食べられますから……！」

ネイラスはにやりと人の悪そうな笑みを浮かべる。

「恥ずかしがることはないだろう？」

誰も見てないし、なんて平然とネイラスが言う。

その言葉にリーネは目を丸くし、声を上げようとして思いとどまり、ひそひそとネイラスに囁《ささや》いた。

「そんなことありません。み、見てます……！　たくさんの人が！」

遠くからだが、みんなが興味津々《きょうみしんしん》といった目でリーネたちを見ているのだ。

「そうかな？　僕には見えないけど」

と、ネイラスはとぼける。

「ネイラスさ……んん！」

今度こそ大きな声を上げてしまいそうになったリーネの口に、苺が放り込まれた。

「……っ」

口を押さえて顔を赤くするリーネを見て、ネイラスが楽しそうに笑う。

「苺より、君の頬の方が赤いね」

リーネは苺を丸ごと呑み込んでしまいそうになった。

「食べたら眠くなってきたな。少し君の膝を借りていいかい」

今度こそリーネは耳を疑った。

「そんな、まさか……」

あわてて立ち上がろうとしたが、ドレスの裾を自分で踏んでしまっていて立てない。

もたもたしている内に、ネイラスが絨毯《じゅうたん》の上に寝転がり、リーネの膝に頭を置いてきた。

ついに、まわりから黄色い悲鳴が上がり、リーネは逃げ出したくなる。

だが、膝にはネイラスの頭が載っていて動けない。

「ネイラスさま……っ」

「ほんの少しくらい、いいだろう？　それとも、僕の腕枕で君も横になる方がいい？」

考えただけで悲鳴を上げそうになった。

「だ、大丈夫です。じっとしていますから、お休みください」

「そうさせてもらうよ、ちょっと残念だけど」

眠くなったと言っていたけれど、ネイラスは目を閉じつつもリーネの反応を楽しんでいるのだ。

そう思っていたが、彼はしばらくして本当に寝入ってしまったのか、ふいにその頭が重くなった。

やはり疲れているのだ、ネイラスは。

きっと、今日の休みをとるためにも無理をしたのだろう。

王宮でネイラスが国王としてどんな働きをしているかは知らない。

しかし、気にしなくていいと彼は言ったが、リーネと暮らすためにいろいろと不都合なことがあり、無理をしているのはわかる。

風がいたずらに乱していったネイラスの前髪を、リーネはそっと撫《な》でた。

自分がこんな変わった王妃でなければ、ネイラスは政務に専念できるのかもしれない。

そう考えると胸が痛み、思わずくちびるを噛むと目の前になにかが差し出された。

「どうぞ、王妃さま」

驚いて見たところ、小さな女の子が野の花を手に立っている。

リーネが受け取ると、それは可憐《かれん》なすみれの花だった。

女の子が満足そうな顔で後ろを振り返ったので、リーネも同じ方向に目をやったところ、母親らしき女性がおろおろとどうしていいかわからない様子でこちらを見ている。

リーネは安心させるように女性に手を振り、それからネイラスを起こさないように声をひそめて女の子に言った。

「とってもかわいらしいお花をありがとう」

女の子は立ち去らず、不思議そうに寝ているネイラスを見つめている。

「……国王さま、眠ってるの？」

「ええ、お疲れなのです」

女の子ははっとしてうなずき、くちびるの前に指を一本立てた。

「ありがとう。やさしいですね」

リーネがそっと小さな声で答えると、女の子は、もじもじとはにかんでから踵《きびす》を返し、少し離れたところで待つ母親のもとに駆けていく。

走ってきた女の子の体を受け止めた母親が、こちらに頭を何度も下げた。

そして、女の子の手をとり、離れていく。

その後ろ姿を見送っていると、手に持っていたすみれがすっと引き抜かれた。

「起こしてしまいましたか？」

声をかければ、ネイラスがすみれを鼻に近づける。

「……かわいらしい花だね」

「はい、大事に持って帰って押し花にしたらどうでしょうか」

リーネがそう提案すると、ネイラスがうなずく。

「それがいいね」

彼はふいに起き上がり、髪を掻《か》き上げた。

「どうかしました？」

声をかけても、しばらくネイラスは黙ってリーネを見つめていた。

ややあって、すみれの花をリーネに手渡して独り言のように言う。

「いや、目が覚めてもまだ夢の続きみたいだと思っていただけだよ」

「え……」

そしてネイラスは立ち上がり、リーネに手を差し伸べた。

「そろそろ帰ろうか、奥さん。楽しかったかい？」

「はい、とっても」

リーネがその手をとると、ネイラスがそっと腕に力を入れて立ち上がらせてくれた。

それから、ネイラスはするどく口笛を吹き、馬を呼び寄せる。リーネはその背中を見ながら、また少しふたりの距離が縮まったことを感じたのだった。

★　★　★

リーネがネイラスと結婚して、早くも三週間が経った。

国王夫妻の仲睦《なかむつ》まじさは国民の間で広く知られている。また、川沿いの野原でふたりが見せた姿はあっという間に噂《うわさ》になり、国中でピクニックが大流行したりと、おおむね温かく見守られていた。

図書館の仕事も順調で、いまやリーネのことを物めずらしそうな目で見る利用者も少ない。

その日も楽しく開館前の準備をしていると、めずらしいことに館長が歩いてきた。

そして、リーネを見て楽しそうに手を上げる。

「よ！　どうだ、新婚生活は？」

「え、えっと……」

あまりにも率直な問いになんと答えていいか困っていると、トリスタンが現れた。

「館長、そんなのきくまでもないでしょう」

「そうか、そうだな」

館長が頭を掻《か》いてつぶやく。

「どこからどう見てもしあわせそうだ」

リーネはあわてて頭を下げた。

「あ、ありがとうございます」

少し頬が赤くなっているかもしれないことが気恥ずかしく、なかなか頭が上げられなかった。なにしろ、他の司書からこんな風に結婚の話を振られたことがなかったから、どう対処すべきかわからない。

「それより、館長。リーネに話があったのでは？」

トリスタンに促《うなが》され、館長が手を叩いた。

「ああ、そうだった。すまん、すまん。忘れるところだったな。リーネ、司書たちみんなに話しているのだが、今度ディエーラ大聖堂で蔵書の整理をすることになってな。その数の多さから、この王立図書館からも手伝いの司書を派遣してくれるように頼まれているのだが」

リーネは息を呑んだ。

「ディエーラ大聖堂ですか？」

それは王都から馬車で南に一日ほど行ったところにある、とても古く由緒《ゆいしょ》のある大聖堂だ。大きな図書館が併設されていて、聖典関係の書籍だけでなく、幅広い種類の蔵書が収められているときく。

司書としては興味深い話だった。

「古い本も多いから、補修の得意な司書がいると助かるという話でな。よかったら考えてみてくれ。司書としていい経験になると思うぞ」

館長がそこまで話すと、トリスタンが続けた。

「ただ、蔵書の数が膨大で、時間のかかる作業になる。短くても一月《ひとつき》は大聖堂に詰めなくてはならない予定だ」

「一月《ひとつき》ですか」

だが、以前きいた話から考えると、大聖堂の蔵書の規模からして一月《ひとつき》で終わらせるのは難しいような気がする。すると察しのいいトリスタンが言った。

「他の地方の図書館からも手伝いが来ることになっているので、何ヶ月もかかることはないだろう」

それは他の図書館の司書と交流できるめずらしい機会にもなるということだ。

正直、考えただけで胸の躍《おど》る話だった。

リーネは目を輝かせていたのだろう、館長が微笑ましそうに顎《あご》を撫《な》でながら口を開く。

「こんな機会はなかなかないからな。おまえが新婚だからと勝手に気を回すのもどうかと思って話をしたんだ。だが、もちろん強制じゃない。ネイラス王子、おっといまは国王陛下だったな。あの方のそばを離れたくないというのなら、無理はしなくていいぞ」

そう笑いつつ館長は地下の館長室へと戻っていき、トリスタンとリーネだけが残された。

トリスタンも館長の後を追っていってしまうかと思いきや、立ち止まったままなにも言わず、リーネを見ている。

「あの、トリスタンは大聖堂へ手伝いに行くのですか？」

トリスタンが首を横に振った。

「いや、俺は行かない。もちろん行きたいのはやまやまだが」

「そうですね、トリスタンは責任ある仕事がいろいろありますものね」

まあな、とうなずいて彼は苦笑した。

「それじゃ、行くことにするのなら十日後までに俺に言ってくれ」

そして、トリスタンも自分の持ち場へ戻っていくのをリーネは見送る。

ひとりになってから、一息ついて大聖堂に思いを馳せた。

「ディエーラ大聖堂って、話にはきいたことがあったけど……」

王都から続く運河の街として栄えているアディトン。その中心にディエーラ大聖堂はあるという。

蔵書の豊富な図書館というだけでなく、ステンドグラスの美しい大聖堂だという話だった。

王立図書館とは違った図書館に興味があるし、手伝いに行ってみたい。

だが新婚の妻ならば、はじまったばかりの生活を大事にしなくてはならないのでは、と二の足を踏んでしまう。

もちろん、ネイラスはリーネが行きたいと言えば快《こころよ》く送り出してくれる気がしたが……

「でも……」

簡単に決めるわけにはいかない、とリーネは仕事に戻ることにした。

どうしても行きたければ、ネイラスに相談してみようと思いながら。

リーネが気さくに図書館の利用者と話すようになって以来、街へちょっとした買い物に出かけても大騒ぎになることはなくなっていた。おかげで最近ではいろいろと自分で工夫して、料理のレパートリーも増えている。

仕事も終わり、今日は街で求めてきた新鮮な魚を使ってシチューを作ろう、と急いで家へ帰ったリーネは、買ってきた物をテーブルに置いたところで扉がノックされ、どきりとした。

めずらしいこともあるものだ。

これまで、この家を訪ねてくる者などいなかったというのに。

「はい？」

ドアに向かって答えると、ローラの声が返ってきた。

「リーネさま、よろしいですか？」

扉を開けてみれば、ローラが明らかに困った顔をして立っている。

「どうかしましたか？」

「それが……」

ローラがちらりと背後を振り返った。

森の小道にはなんの変化もない……と、思ったら、なにやら遠くで声がきこえる。

「なにかあったのですか？」

「実は、リーネさまの母君だという女性が突然押しかけてこられて、リーネさまに会わせるよう、その……とても強く要求しています」

リーネは一瞬息が止まった。

足が震え出し、目の前が真っ暗に変わっていく。

「リーネさま、いかがなさいますか？」

ローラの声にリーネははっと我に返った。

「身なりに不審なところはありませんし、お名前もマーゴット・エイベルさまとおっしゃっています」

「それは……」

間違いない。

継母《ままはは》だった。

おそれていたことが起こってしまった。

新婚のおだやかな日々に浸《ひた》って、つい考えないようにしていたせいで、どうしたものかわからない。

「……お通ししてください」

「よろしいのですか？」

リーネはうなずいたが、許可を求めてきた割にローラは心配そうな顔のまま動こうとしない。

「私が申し上げるのも僭越《せんえつ》とは存じますが……まずは陛下にご相談なさって、その上で日をあらためてお会いになってはいかがでしょう？」

「でも……」

いま遠くにきこえてくる声は、おそらく継母《ままはは》が警備兵と揉《も》めている声だ。

警備兵に行く手を阻《はば》まれ、すぐにでもリーネのもとに通されないことを憤《いきどお》っているはず。このままおとなしく帰るとは思えないし、警備兵へ迷惑をかけるのも心苦しい。

「いえ、会います。わたしの……母ですから」

「承知しました」

そして、それ以上ローラはなにも言わなかった。

心配そうな顔は変わらなかったが、すぐに踵《きびす》を返し、足早に小道を引き返していく。

大丈夫、そんなに不安がる必要はない、とリーネは自分に言いきかせる。

あれからリーネも少しは大人になった。

もはや、為《な》す術《すべ》もなく継母《ままはは》の理不尽な仕打ちに耐えるしかなかった少女ではない。

それに、もしかしたら妹レイラが結婚する、という話ではないかとふと思ったのだ。

妹もそろそろ結婚してもいい年頃だし、とてもいいところに嫁《とつ》ぐというのなら、上機嫌になった継母《ままはは》がリーネにも知らせてくれる気になったとしてもおかしくない。

どきどきと不安な胸を押さえながら待っていると、小道に真っ青なドレス姿の女性が堂々と現れた。

「……っ」

思わず後退《あとずさ》りそうになってしまったが、リーネはぐっと堪《こら》え継母《ままはは》――マーゴットを待った。

「お母さま」

間近に迫ってきた彼女に声をかける。

最後に会ったのはいつだったか。

彼女は記憶の中にある姿と少しも変わっていない気がした。

華やかな美貌と、冷たい双眸《そうぼう》。

そして厳しく結ばれたくちびるは、めでたい話をするつもりはないように見える。

「久しぶりね、ケイトリーネ」

そう言うなり、マーゴットがリーネの頬を躊躇《ためら》いもなく打った。

思いも寄らなかった出来事に、リーネは声もなく床にへたり込む。

「な、なにを!!」

代わりに悲鳴を上げたのは、後からやって来たローラだった。

呆然とするリーネの目に、マーゴットの腕を掴もうとしてぴしゃりと手を叩かれたローラが映っている。

「たかが護衛に同席を許したおぼえはありませんよ、下がりなさい」

マーゴットが居丈高《いたけだか》にローラに言い放つ。

さすがにローラも唖然としてしばらく言葉もなかった。だが、我に返りリーネを助け起こそうと屈《かが》み込む。

「大丈夫ですか、リーネさま」

リーネはなんとかうなずいた。

返事をしようにも喉の奥が重苦しく、声が出ないのだ。

そんなリーネに代わってローラが声を荒らげる。

「あなた！　自分がなにをしたのかわかっているのですか！　この方は国王の妃殿下なのですよ⁉」

その言葉にマーゴットが鼻を鳴らす。

「妃殿下？　それ以前にケイトリーネは私の娘。母である私が娘になにをしようと、国王にさえ口を出される筋合いはありません」

憤《いきどお》るローラを横目にマーゴットがリーネに向き直った。

その視線に、無意識に体が震えてしまう。

ケイトリーネ……家を出る時に置いてきた名だ。

マーゴットの娘としての自分と決別するために。

「それにしても、おまえはよっぽど私とたったひとりの妹であるレイラに恥をかかせたいようね」

呆然としていたリーネもこの言葉に我に返った。

「恥なんて……どうしてですか、そんなこと思ったこともありません」

なんとか言葉を返すと、マーゴットがため息をつき居間を見回す。

「これが恥以外のなんだというの？　質素な王妃なんてみっともないなんてものじゃないわ。それでレイラのためになるとでも思っているの？」

それからマーゴットは、どれだけレイラが悲しんでいるかを懇々《こんこん》と話した。

「普通だったら王妃なんて地位に就《つ》いたらまず家族のことを考えるはずよ。なのにおまえは、たったひとりの妹をしあわせにしてやろうなんて少しも考えなかったのよね？　姉だったら、なにを置いても妹を王宮に呼び寄せ、自分以上の暮らしをさせるべきよ。それなのに……」

自分の言葉に煽《あお》られてさらなる怒りが湧いてきたのか、彼女の目が吊り上がる。

「わ、わたしは……」

ローラの手を借りて立ち上がろうとしたリーネに、マーゴットがまた掴みかかってきた。

「この惨《みじ》めな暮らしはなんなの！」

髪を引っ張ろうとするマーゴットの手に、リーネは身を引く。

「……っ」

今度はローラがマーゴットのふるまいを許さなかった。

「これ以上好きにはさせないわよ」

リーネを庇《かば》って立った彼女が、マーゴットの腕を掴む。

「なにをするの、無礼な！　放しなさい」

ふたりが揉《も》み合う中、リーネも声を上げた。

「やめてください、お母さま！」

だが、叫んだところでマーゴットの耳には届いていない。いつだって、マーゴットはリーネの言葉を無視するのだ。

マーゴットは掴まれた腕を振り回しローラの手を振り払おうとしているが、女性でも軍人であるローラには敵《かな》わず苦戦している。

「衛兵！　手を貸して！」

ローラが叫ぶと、警備の兵たちが駆けつけてきた。

「ケイトリーネ！　なにを見ているの！　早く私から手を離すように言いなさいっ！」

しかし、リーネはなにも言えなかった。マーゴットはそのまま衛兵たちに両脇を抱えられ、連れ出されていく。

まるで嵐が去った後のようで、リーネは呆然と立ち尽くす。

少し気持ちが落ち着いてから、マーゴットとローラが揉み合った時に倒れた椅子を元に戻していると、扉が開いた。あわてて戻ってきたローラだ。

「リーネさま、大丈夫ですか。お怪我は？」

「だ、大丈夫です。あの、母は……」

「衛兵に馬車で自宅へ送り届けるように申しつけてきました」

一応、リーネの母として丁重に扱ってくれたのだろう。

「申し訳ありません、母がご迷惑をかけて」

ふらつくリーネの体をローラが支えてくれた。

そして、立っているのもおぼつかないリーネを椅子に座らせ、じっと顔を見つめてくる。

「……なんでしょう？」

「やっぱり打たれた頬が赤くなって……あれは、完全に私の落ち度です」

リーネの気の済むようにいかようような処分も受ける、と項垂《うなだ》れるローラだったが、そんなことを望むわけがない。

「いいえ、ローラさんのせいじゃありません。ローラさんは会わない方がいいと言ってくれたのに、わたしが……」

突然で心の準備ができていなかったせいでもあるが、そもそもは追い返せなかったのがいけないのだ、と痛感していた。

だが、妹のことを考えるとやはりできなかった。

「ローラさん……このことは」

ローラがはっとしてリーネを見る。

「私はお仕えする者として、どんなことでも陛下に報告する義務があります」

「わかっています。なんとしても隠し通してくださいとは言いません。でも、陛下からきかれるまではなにも言わないでいてほしいんです」

お願いします、と掠《かす》れた声で何度も頼んだからか、ローラが折れた。

「そこまでおっしゃるのなら……」

「ありがとうございます。ローラさんに迷惑はかけません。心の整理がついて上手く話せるようになったら、わたしから陛下にお話します」

ローラがそうした方がいい、とうなずいてから続ける。

「リーネさま、もうすぐ陛下がお戻りになる時間です。よろしければ、今日は私が夕食の支度をお手伝いしましょう」

リーネはまだ家事に不慣れで時間がかかることが多かった。ローラの申し出は大変ありがたく、素直に受け入れる。

もちろん、夕食の準備ができていなかったからといって、そんなことを咎《とが》めるネイラスではない。

だが、遅れた理由についてもし尋ねられたら、上手く誤魔化せる自信がないし、継母《ままはは》がこの家を訪ねてきた件は知られたくなかった。

ローラに支度を手伝ってもらい、なんとか鳥の香草焼き、スープ、サラダとパンという夕食が準備できた。

あとは、ネイラスが帰宅するまでに、心を落ち着けることだ。

「大丈夫……大丈夫よ……」

自《みずか》らにそう言いきかせるが、やはり突然現れたマーゴットとその口から発せられた厳しい言葉に、リーネは傷ついていた。

頬の赤みが消えたか鏡で確認しようとした時、扉が開く音がした。

マーゴットの姿が浮かんでぎくりとしたが、遠慮なくこの家の扉を開けるのはネイラスしかいないと思い直す。

出迎えると、やはりネイラスだった。

「ただいま、僕のかわいい奥さん」

そう言いながら、彼がリーネの頬に軽くキスをする。

「おかえりなさいませ」

リーネは微笑んだ。

ネイラスの様子はいつもと変わらない。

ローラは約束を守ってくれたらしい。

今日は王宮でひたすら書簡に署名をしていた、とネイラスは話し、リーネは図書館での出来事を簡単に話した。

「香草のいい香りがするね。今日も夕食が楽しみだ」

ネイラスはこうして毎日、まだまだ不慣れなリーネの料理を褒《ほ》めてくれる。

「でも、その前に君のお茶が飲みたいな。いれてくれるかな？」

「はい」

これもよくあることで、ネイラスが少し疲れている日や、忙しくてゆっくりお茶も飲めなかった日は、夕食より先にお茶を頼まれるのだ。

リーネがいつものようにお茶の用意をしていると、その手元を少し離れたところから見ていたネイラスが言った。

「どうしたんだ？　様子がおかしいね？」

ぎくりとしたリーネは思わず手を止めてしまい、はっとした。

「いえ、なにも……」

平静を装《よそお》わなければ、と焦れば焦るほど、ますます自分の挙動がおかしい気がして手が震える。

「なにかあったのかい？」

リーネは息を呑んだ。

今日のことはまだとてもネイラスに話せない。

リーネが黙ったままでいると、彼が言い出す。

「リーネ、なにがあったかは、オルソン伍長にきけばわかるだろうけど、僕は君の口からききたい。夫婦だからね」

ネイラスの誠実な言葉に、リーネは黙っていることができないと思った。

それでもさんざん迷ったあげく、やっと口を開く。

「実は……今日、母が突然ここを訪ねてきたんです」

「母君が？」

ネイラスの表情がかすかに曇《くも》ったことにリーネは気づいた。彼は、リーネが図書館にひとりで暮らすことになった経緯を、ある程度は知っているはず。

「それで、少し動揺してしまったんです。本当に、突然でしたし、とても久しぶりに会ったものですから」

ネイラスはその話をきいても、黙ってリーネをじっと見つめている。

「あの、ご存じでしょうけど、母とはあまり、その……いい関係ではないので」

リーネは打たれた側の頬を髪で隠すみたいに俯《うつむ》く。

ネイラスが帰宅する前に何度も鏡で確認したが、まだ頬にうっすら赤みが残っている気がしていた。

「リーネ」

名を呼ばれ、赤くなった頬が目につかないように顔を上げれば、ネイラスがこちらに手を伸ばしているところだった。

「おいで」

その手をとると、そっと引き寄せられ、彼の膝に導かれた。

「あ、あの……っ」

膝の上に抱えられ、その親密な距離にリーネはどうしていいかわからなくなってしまう。だが、ネイラスはそんなリーネを落ち着かせるようにおだやかに微笑んでいる。

「リーネ、僕は君の望みならなんでも叶えてあげられる」

「え……」

「言ってごらん、君はどうしたい？」

リーネは体を強ばらせた。

ネイラスはうすうす、なにかあったことに気づいていて、言外にマーゴットをどうするか、と尋ねているのだ。

今日だけでなく、マーゴットはリーネの顔を見れば途端に機嫌が悪くなり、常に容赦ない言葉を浴びせてきた。

ここでネイラスに二度とリーネの前にマーゴットが現れないように望めば、それはなんの苦もなく叶うのだろう。

だが、マーゴットになにかあれば、妹のレイラもどうなるかわからないのだ。

それだけはできない。

「なにも……なにもしていただくことはありません」

頑《かたく》なな自分にネイラスは気を悪くしてしまうのではないか、と不安になる。

「……僕は君のためになにもできないのかな？」

ネイラスの腕に力が込められた気がして、リーネは言った。

「でしたら……しばらくこうしていてください」

リーネがネイラスの胸に頬を寄せると、ぎゅっと抱きしめられた。

「もちろん、君が望むならずっとこうしていよう」

リーネは力を抜いてネイラスの腕に身をゆだねる。

しかし、その心強さに安堵してそっと目を閉じても、マーゴットの顔が胸に焼きついて消えない。

ネイラスは子どもをあやすようにリーネの体を揺すってくれる。

「……リーネ、血が繋がっている親兄弟でも上手くいかないことはある」

ふいに語り出した彼に、リーネは驚いた。

「兄と僕はまったく正反対の性格でね、ずっとそりが合わなかった。なんとか合わせようと努力したが……どうしても無理なことはあるんだ」

リーネの髪を撫《な》でるネイラスの手が止まる。

「兄は甘言《かんげん》ばかりの王妃と貴族たちの言葉にしか耳を貸さなくてね。他の誰よりも僕のことを信じていなかった」

「ネイラスさま……」

「だから、リーネもあまり気に病《や》まない方がいい。君には僕がついているのだから」

リーネはネイラスの腕の中で目を閉じた。

「……はい、ありがとうございます」

多くは語らないが、ネイラスもやはり家族のことでつらい時があったのだろう。

それをほんの少しだけだけど、リーネに話してくれたのだ。マーゴットの一件を話してよかった。

もっと、ネイラスと関係を深めたい。

リーネは、自分がネイラスに心を奪われていることをひしひしと感じていた。

★　★　★

次の日、昨日の出来事を引きずったままのリーネが重苦しい気分で本棚に並ぶ本を整えていると、誰かがすっと背後に近づいてきた。

質問のある利用者だろうかと、身構えることなく振り返る。

「なにか……！」

そこに立っていた信じられない人物に、リーネは声を詰まらせた。

「レイラ……」

妹のレイラだ。彼女は控えめな装《よそお》いで、明らかに人目を避けているように見えた。

「どうしてここに？」

リーネが尋ねると、レイラが声をひそめて答える。

「突然ごめんなさい。お話があってきたの、お姉さま」

レイラとこうして言葉を交わすのは何年ぶりだろう。一緒に暮らしていた時も、マーゴットは姉妹が親しくするのを厳しく禁じていた。だが、レイラは母親であるマーゴットとは違い、昔から姉としてリーネのことを慕《した》ってくれている。

「話？　お母さまのことだったら、わたし……」

この前、ネイラスを訪ねて王宮へ行った時も、朗読会の時も、レイラを見かけたのに声をかけられなかったことを、リーネはずっと悔《く》やんでいたのだ。そんな妹と、できれば母の話はしたくなかった。ききたいのは、いままでレイラがどうしていたかだ。

レイラは首を横に振って口を開く。

「少しお時間はとれないかしら、本当に少しでいいの。わたしも長くはお話できないから」

レイラは油断なく辺りに気を配っている。

「わかったわ。もうすぐお昼の休憩時間になるから、その間に話しましょう」

こくりとレイラがうなずく。

そして、できれば人目のないところで、と言われたため、図書館の東側の中庭で待っていてくれるよう頼んだ。あそこは手入れの行き届いていない木が生い茂《お しげ》っていて、日中も陽当たりが悪く、あまり近寄る人はいない。人目にはつかないはずだ。

「……それじゃあ、待っているわ」

レイラは素早く身を翻《ひるがえ》し、本棚の間に消えていった。

一体、なんの話だろう。その後、リーネは気もそぞろに昼まで過ごした。

やっと正午になって、妹の待つ中庭に急ぐ。

「レイラ」

小さな声で呼びかけると、エニシダの生《お》い茂《しげ》った枝の陰からレイラが立ち上がった。

「待ちくたびれてしまったんじゃないかしら」

リーネがそう言うと、レイラが首を横に振る。

「そんな、わたし、覚悟を決めて来たのだもの。大丈夫よ」

「ありがとう。会いに来てくれてうれしいわ。この前、レイチェルさんのお屋敷で朗読会が開かれた時、あなたに気がついたのだけど……」

レイラが申し訳なさそうに項垂《うなだ》れた。

「ごめんなさい、声もかけずに帰ってしまって。お姉さまに会えると思ってわたしも朗読会へ参加したの。でも……」

やっぱり声をかける勇気がなかった、とレイラはつぶやく。

「レイチェルさまはお姉さまのことを……言いにくいのだけど、あまりよく思われていないみたいで……レイチェルさまに睨《にら》まれたら社交界では居場所がなくなってしまうから、わたし……」

妹の言っていることや立場はよくわかる。リーネに責める気持ちなど少しもない。

「いいのよ、レイラ。会いに来ようとしてくれただけで」

そう言って、リーネは木陰のベンチに座るようレイラにすすめる。

妹は、そこなら人目につかないと確認してから腰を下ろした。

「それで、レイラ。話って？　できれば、あなたの普段の様子がききたいのだけど」

問いかけた直後、レイラがリーネの手をとって握りしめた。

「レイラ？」

思いつめた顔でレイラが口を開く。

「ねえ、お姉さま、その、いま……しあわせに暮らしていらっしゃるの？」

「え……」

リーネは拍子抜けして頬が熱くなるのを自分でも感じた。そして、少しもじもじしてから妹の質問に答える。

「ええ、陛下はとてもおやさしい方だもの」

そう言うと、レイラはあからさまに複雑そうな顔をした。

「どうしたの？　なにか？」

しばらく彼女は黙ったまま、じっとリーネの顔を見ていた。

「ずっと心配してたの。お姉さまがあのネイラス国王陛下と結婚なさったときいて。だって……」

「だって？」

どうも歯切れの悪いレイラに、リーネは不安になってしまう。そして、何度も懇願《こんがん》すると、やっとレイラは話を続けてくれたのだった。

「この前、お母さまが突然訪ねてきたでしょう？　お母さま、戻ってきてからしばらく機嫌がとてもよくなくて、ずっとお姉さまについて……その、悪く言っていたわ」

悪く言われていたなんてきいても、それはいつものことで、動揺しなかった。

「そうでしょうね。またひどい別れ方をしてしまったから……ごめんなさい。なんとか穏便に話をしようと、いつも努力してはいるのだけど……」

リーネと話すマーゴットの機嫌がよかったためしはない。

それにはレイラもうなずいた。

「だから、わたし、意を決してこうして来たの。もう二度とお姉さまに会えないと思って」

予想もしていなかった言葉にリーネは驚く。

「レイラ、それはどういうこと？」

妹の少し下がった愛嬌のある目尻に、涙が滲《にじ》んだ。

「だって、お母さまが王妃であるお姉さまに暴言を吐いたことを、国王陛下はご存じなのでしょう？」

「え？」

リーネが混乱していると、レイラはそのまま泣き出してしまった。

「……陛下の怒りを買ったお母さまと一緒に、わたしも国外追放になるのでしょう？」

だから、もうすぐ二度と会えなくなると思ってきたのだと、レイラは涙声で続けた。

「ま、待って、どういうことか、もっとくわしく説明して、レイラ」

リーネが持っていたハンカチでやさしく妹の涙を拭《ぬぐ》うと、少しは落ち着いたのか、レイラが顔を上げる。

「だって国王陛下は……とても冷徹《れいてつ》でおそろしい方だもの」

「な……」

言葉の意味がわからなかった。

ネイラスが、冷徹《れいてつ》でおそろしい？

「そうよ、レイチェルさまだって……」

「レイチェルさんがどうしたの？」

リーネはまさか、と思った。

確かにレイチェルの開いた朗読会で、リーネは大変な目に遭《あ》った。だが、ネイラスは寛大にも事を荒立てなかった、そう思っていたのだ。

「あの朗読会の後すぐに、レイチェルさまは結婚が決まったの。本当に、唐突な話だったみたい。しかも、お相手はレイチェルさまより三十も年上の方よ。身分はとても高いそうなのだけど……」

レイチェルはその突然の婚約に取り乱したあげく、結婚を拒《こば》むため、修道院に逃げ込もうとしたところを無理矢理連れ戻されたという話だった。

そして、それ以来、屋敷に閉じこもり泣き暮らしているらしい。

「みんなが噂《うわさ》しているわ。レイチェルさまがお姉さまに嫌がらせをして、それが国王陛下のご不興を買ったのだって」

「で、でも……本当にネイラスさまのご意向かは……」

年頃の貴族の娘なら結婚が突然決まることもめずらしくない。家同士の釣り合いが重視されるため、相手の年齢など問題にされないことも多いはずだ。

リーネがそう言うと、レイラは残念そうに首を横に振る。

「もちろん国王陛下が冷酷だというのはそれだけじゃないわ。……でも、やっぱりご存じないのね、お姉さまは。あのね、お願いだから心を落ち着けてきいて。国王陛下は、先代の国王であらせられた兄君から王位を奪った後……兄君派だった貴族を次々と粛清《しゅくせい》なさっているのよ」

しばらくの間、リーネは呆然と妹の顔を見つめることしかできなかった。

「あの……陛下が……？」

「そうよ。お姉さまには信じられないかもしれないけど。それも、兄君派だった貴族は、軽くて国外追放、重いと……死罪よ。もう何人もの方を処刑されているわ」

目眩《めまい》をおぼえたリーネは、気づくとレイラに体を支えられていた。

「お姉さま、しっかりなさって」

レイラがもう話をやめようと言い出したので、リーネはなんとか気を取り直して頭を振る。ネイラスが冷徹《れいてつ》でおそろしい王だなんて……だったら、普段の彼の様子はどういうことなのだ。

「で、でも、陛下も国王というお立場なのだし、つらいご選択をしなくてはならないこともあるのではないかしら。だから……」

そう言うと、レイラが再び首を横に振った。

「やっぱり、わたしはもう帰った方がいいみたい。これ以上、お姉さまに悲しい思いをさせられないもの」

ベンチから立ち上がろうとしたレイラを、リーネは懸命に引き止める。

「待って、レイラ。どういうこと？　陛下のことでまだなにかあるの？」

躊躇《ためら》うような素振りを見せたレイラだったが、すぐにいつもの愛らしい笑顔で言う。

「いいえ、なにも。心配しないで、お姉さま」

だが、それが妹のやさしさだとわからないリーネではなかった。レイラの腕にすがり、さらに懇《こん》願《がん》する。

「レイラ。お願いだから、隠さずおしえて、陛下は……」

そう言ったリーネに、レイラがふいにぎゅっと抱きついてきた。

「レイラ？」

「お姉さま、心してきいて」

耳の横でレイラの声が続く。

「国王陛下は、貴族たちに苛烈な処分を下して反発を招いているから、彼らたちの支持には期待せず、国民の人気を損なわないように気をつけておられるわ。お姉さまとの結婚を機に多大な恩赦《おんしゃ》を与えたりと、冷徹《れいてつ》な印象を払拭《ふっしょく》することにとても気を遣っているという話よ。そもそも実の兄君を王座から追い落としたことで、国民は陛下に対して強い不安を感じていたわ。それで……お姉さまを妻として迎えたのだろうって、貴族たちの間ではもっぱらの噂《うわさ》なの」

「ど、どういうこと？」

リーネはもがいてレイラの腕から逃れようとした。

レイラの顔を真っ直ぐ正面から見て、その真意が知りたかったのだ。

だが、レイラはリーネを抱きしめる力をゆるめてくれない。

「ごめんなさい、お願いだからこのままきいて」

お姉さまの顔を見て話す勇気がないの、とレイラは消え入りそうな声で言った。

「国王陛下が迎えたのが、政略結婚の姫君ではなく、図書館で働いているどこにでもいるような女性なんて……こんな言い方をしてごめんなさい。……でも、そういう方なら国民からすれば親しみを感じるでしょう？　それに、豪奢《ごうしゃ》でもなくひっそりと挙げられた結婚式に、慎《つつ》ましい新婚生活。国民は控えめなお姉さまをとても好ましく思っているわ。以前、平民の女性が王妃さまになられたことがあったけど、その方は豪華な結婚式を挙げて、その後は王宮で優雅に王妃らしくお暮らしになったの。それも、夢物語みたいだと娘たちからうらやましがられたのだけど……」

その話は以前きいたことがあった。

「でも、その方は、次第に傲慢《ごうまん》な振る舞いをなさるようになって、ある日街へいらした時、野の花を花束にして差し出した子どもの手を汚いとばかりに払われたそうなの」

リーネは顔から血の気が引くのがわかった。

ほんの少し前、自分の身にも同じことが起こったのだ。

まだはっきりとおぼえている。

野の花を差し出す幼い少女。

リーネは、手渡されたすみれをよろこんで受け取ったが……

「ひどい話でしょう？　当然、その方の人気はあっという間に地に落ちたそうよ。そして、それは御夫君である国王の人気も陰らせることになったの」

レイラがやっとリーネの体から離れた。

そして、不安に揺れるリーネの目をじっと見つめてから言う。

「お姉さま……お姉さまは、陛下に利用されているのよ」

リーネは思わず息を呑んだ。

けれど、突然腑《ふ》に落ちた。

ほんの少し前まで、ずっと不安に思っていたことなのにすっかり忘れてしまっていたではないか。

ネイラスはなぜ、自分を王妃にと望むのか、と。

「……っ」

力が抜けて、リーネはがくりと地面に崩れ落ちた。

「お姉さま、陛下は冷酷な方よ。だから、気を許してはだめ。お姉さまが不幸になるわ」

その言葉に項垂《うなだ》れていたリーネは顔を上げる。

「……不幸に？」

不思議だった。

不幸とは、なんだろう？

だったら、ネイラスと結婚する前のリーネはしあわせだったのか。

そもそも、自分では図書館での暮らしに不満などないと思っていた。

でも、そうではなかったのだ。

ネイラスと暮らして、リーネははじめてしあわせを感じていた。

こみ上げてくる涙をぐっと堪《こら》える。

これまでなにがあっても、たったひとりの妹にだけは心配をかけないよう、涙を見せたことはなかった。

「……ありがとう、レイラ。心配してくれて」

リーネはなんとか立ち上がる。

足はまだ震えていた。

「久しぶりに会えて、うれしかったわ。すっかり大人になったのね。家を出た時、まだあなたはあどけなくて……」

「お姉さま？」

不安げなレイラへ、リーネは微笑んだ。

「大丈夫。お母さまがわたしに会いにいらしたことは、すでに陛下はご存じよ。でも、そのせいであなたもお母さまも一緒に国外追放になんてならないから、安心して」

「どうして？　だって、お姉さまは……」

その先をレイラの口から言わせるわけにはいかないと、リーネは遮《さえぎ》った。

「いいのよ、レイラ」

マーゴットとは血も繋がっていなければ、これまでやさしくされたことも一度もない。

だが、レイラにとってはかけがえのない実の母親なのだ。

それだけで、リーネはマーゴットのことを恨みきれないでいた。

「もう休憩時間が終わってしまう。お母さまには内緒でここに来たのでしょう？　そろそろあなたも帰った方がいいわ」

万が一にでも、こうしてレイラが姉と会っていたことがマーゴットに知られたら、どれほど怒りを買うかわからない。

リーネは中庭から、司書しか知らない通路へレイラを導く。

「気をつけて帰って。会えて本当にうれしかった」

「お姉さま、わたしの話は嘘じゃないのよ」

リーネはうなずく。

「もちろんよ、信じてる。あなたはわたしのたったひとりの妹だもの」

ただ、いますぐどうするかなんてまだ考えられない、と言うリーネにレイラも引き下がった。

「そうよね、わかったわ。突然押しかけてきてごめんなさい。でも、本当に、くれぐれも陛下には気を許さないで」

立ち去ろうとしたレイラが、思い出したように振り返る。

「陛下がお姉さまのことを利用できないと思ったら、どうするか……わかるわよね？」

「どうするって……離婚されてしまうってこと？」

レイラが残念そうに首を振った。

「いいえ、それではただの醜聞《しゅうぶん》になってしまう」

レイラは苦しげに続ける。

「陛下は、そんなことになったらお姉さまの命を奪うことをきっと躊躇《ためら》わないわ。国王が王妃と離婚したという例もなくはないけど、こんなに早く離婚になるよりも、お姉さまが不慮の事故で亡くなったりした方が、国民たちの同情が集められるもの」

リーネが絶句して立ち尽くしていると、レイラが目を伏せた。

「ごめんなさい、嫌な話ばかりして。でも、私はお姉さまにそんなことになってほしくないの、本当よ」

妹の眦《まなじり》にはまた涙が光っている。

「レイラ……」

リーネが近づこうとすると、レイラが手で制した。

彼女は自分のドレスの隠しから繊細《せんさい》なレースのハンカチを取り出し、目元を押さえる。

「お姉さま、ご自分の身を守るために、決して陛下には逆らわないようにして」

リーネはなんと言っていいかわからなかった。

ただ、送ってやれないことを詫びて、レイラが帰っていくのを見届ける。

その姿が見えなくなると、リーネは立っていられず膝から崩れ落ちそうになった。

「だめよ……」

リーネはつぶやく。

ここで膝をついてしまえば、もう立ち上がれない気がする。

まだ午後の仕事が残っているのだ。

リーネはなんとかレイラの話を頭の中から追い出し、午後の仕事をこなした。

仕事終わりの時間になり、リーネはいつもより疲れを感じながらも早々に図書館を出て、森の小道を急いだ。

ネイラスは今日、親善のため王宮を訪れている隣国の王子との晩餐会《ばんさんかい》が開かれるため、帰るのが遅くなるとおしえてくれた。

だから、リーネは先に食事をすませて休んでほしいと。

言われた通りにしようとして、リーネはふと気づく。

とても食事が喉を通ると思えない。

妹の話は、あまりにも衝撃的すぎた。

いつもリーネのことを思いやってくれるネイラス。

彼は、普段の振る舞いには冷酷さのかけらもないやさしい夫だ。

リーネの夫としてのネイラスと、国王のネイラスはそんなに違うのだろうか？

レイラの言っていた通り、冷徹《れいてつ》で、逆らう者には一切容赦のない国王なのだとしたら……

その時、リーネは思い出した。

本当のネイラスの一面を垣間見たことがあるかもしれない人のことを。

「そうだわ……」

リーネは急いで帰宅し、すぐに支度をして家を抜け出した。

家を囲む小さな森のまわりは警備兵が常に見回りをしているが、彼らが注意しているのは外からやって来る者だけで、家から出て行く気配にまでは注意していない。

タイミングを見計らえば、彼らに見つからずに森を抜けるなんて容易《たやす》いことだった。森を出てからも人目につかないように、リーネはショールを頭から被り、先を急いだ。

王立図書館の近くには、市民が通いやすいようにと作られた階段があり、そこを下れば街への近道となる。

誰も追ってこないことを確かめて、リーネは街への階段を足早に下りた。

夕暮れの街はあわただしく、リーネに目を留める者もいないと思っていたが、ふいに声をかけられた。

「まあ、あなた！」

驚いて振り返ると雑貨屋の女主人だった。

「王妃さまじゃありませんか」

あわててリーネが身振りで静かにしてくれと頼むと、彼女は口を押さえて店の中に手招きする。

寄り道をしている暇はなかったが、このまま無視して通り過ぎることはできなかった。

店じまいをしていたところらしく、店内に客はいない。

そのことにほっとしていると女主人が言った。

「あれから、どの紅茶も仕入れる端から売れてしまって大忙しなんですよ」

そういえば、以前ローラからそんな話をきいたことがあった。

「そうでしたか、申し訳ありません。ご迷惑をかけて……」

とんでもない！　と女主人は手を振った。

「ですから、国王陛下に献上したくともいま店に紅茶がなくて……ぜひまた召し上がっていただきたいのですけど」

「そんな、お気になさらないでください、本当に」

「それで、今日はどうなさったのです？　まさかおひとりでお忍びですか？」

女主人は店の外を気にしている。護衛がいるか確認しているのだろう。

「え、ええ、ちょっとロイスさんのところへ……」

すると、女主人は不審そうにリーネを見る。

無理もない。

護衛もつけずに王妃がひとりで街にいるなど、不審に思われても仕方がなかった。

リーネはなんとか言い訳を考える。

「あの、陛下の誕生日に贈り物がしたくて、それでひとりで」

そう言うと、女主人の顔が輝いた。

「内緒にしておいて驚かせて差し上げようというおつもりですね。まあまあ、なんて仲のよろしいことで……本当に噂話《うわさ》の通り」

「噂《うわさ》？」

「ええ、街はおふたりの仲睦《なかむつ》まじいご様子の話題で持ちきりですから」

「そう……ですか」

ここはよろこんで見せなければと思うが、どうしても笑顔がぎこちなくなってしまう。

「はじめはみんな心配していたんですよ。ほら、いまの国王陛下は……ねえ、いろいろとありましたから」

「いろいろ？」

店内には他に誰もいないのに、女主人は辺りをはばかるように見回した。

「ええ、こう申し上げてはなんですが、先代の国王陛下には、あまり親しみの湧くお話がなかったでしょう？」

リーネはなにも言えなかった。

「でも、王妃さまと結婚なさって、明るい話題が増えると同時に、国民の暮らしも上向いてきたともっぱらの評判ですよ」

「そうだったんですね……」

女主人はそれからもあれこれと語った。

前代、前々代の国王の治世は税が重く、なのに貴族の屋敷が並ぶ大通りは贅沢《ぜいたく》なタイルで作り、市民だけが使う小さな橋の補修などにはまったく手がつけられていなかったらしい。他にもいろいろと貴族を優遇し、市民は不便な生活を強《し》いられていたが、ネイラスが王になってからそれらが少しずつ改善されているということだった。

「いまの国王陛下になってよかったと、皆申しておりますよ」

この話だけをきいて家に戻れたらどんなにいいか。

だが、きちんと確かめなくては、この先ずっとネイラスを疑いながら暮らしていくことになる。

「もしよろしければ、あたしがロイスをここまで呼んで参りましょうか？　王妃さまにわざわざご足労をかけたなんて知ったら、ロイスも恐縮するでしょうから」

リーネはとんでもない、と首を横に振った。

「ご親切はありがたいのですが、工房でお話しした方がこちらの希望が伝わりやすいと思いますから……」

そう言うと、もっともだ、と女主人は何度もうなずいた。

「またおふたりでいらしてくださいませ。お待ちしていますから」

リーネは本当にそんな日がくればいいと思いながら、店を出てロイスの工房へ向かった。

そして、人目を避けるようにして家具職人ロイスの店へ辿り着いたが、日も暮れはじめている今、店は閉まっている。

しかし、耳をすますと店の中から木槌《きづち》を叩く音がきこえた。まだロイスは工房で仕事をしているようだ。

リーネは扉を控えめに叩き、中に声をかける。

しばらくして扉が開き、ロイスが顔を出した。

「これは、王妃さま……どうされたのですか？」

ロイスは当然だが驚いている。

「突然ごめんなさい。あの、ずっと気になっていたことがあって……家具のことじゃないんですけど」

リーネがそう言うと、ロイスがこんなところではなんだから、と店の中へ通してくれた。木の香りが濃く漂《ただよ》っていて、こんな時でなければ胸いっぱいに吸い込みたいところだ。

「それで、ご用はなんでしょう？」

ロイスの冷静な顔を見て、リーネは自分が取り乱していたことに気づき、みっともなさに青ざめた。

「あ、あの……作っていただいた家具、とても使い心地がよくて……お礼をと思って」

ロイスがそばにあった椅子を持ってリーネにすすめる。

「そんなことでわざわざお見えになったのではないでしょう？」

「……っ」

リーネはいまさら取り繕《つくろ》っても無駄だと、あきらめて口を開いた。

「以前こちらに家具をお願いするためにうかがった時、陛下のことであなたはなにか言おうとして、わたしを見てやめませんでしたか？　おぼえていないかもしれませんけど……」

ロイスがはっとしてリーネを見る。

「はい、おぼえています。王妃さまの前では話さない方がいいと感じたので」

「それは、なぜですか？　おしえてください、お願いします」

断られるかと思ったが、ロイスはうなずいた。

「……わかりました」

リーネは息を呑んで彼の言葉を待つ。

だが、自分から尋ねておいてきくのがこわかった。

「俺が練兵場でお見かけした国王陛下のことをずっとおぼえていたのはなぜかと言うと……国王陛下が剣の訓練をしていたところを見たからです」

そこまで話してロイスは息をつき、正面からリーネを見据えた。

「とても冷静な剣さばきでした。落ち着いている、というなまやさしいものではなく、最小限の動きで相手を翻弄《ほんろう》し、少しずつ痛手を与えて圧倒する。訓練の相手は皆気圧《けお》されているように見えました。陛下はまだお若く、どちらかといえば華奢《きゃしゃ》な体つきだったにもかかわらず、その身から放つ威圧感が尋常ではなかった」

リーネは言葉もなく立ち尽くしていた。

普段のネイラスからは想像もつかなくて……というわけではない。

思えば翡翠《ひすい》の塔に幽閉《ゆうへい》されていた時のネイラスは、触れてはならないなにかを身のうちに秘めていた。それは朗読会の時、レイチェルが言っていたことと関係がある気がしたのだ。

ネイラスは、ずっと兄王子の前で自分を殺して生きていたのだと。

しかし、時折、本当の自分が抑えきれなくなった時があったのではないか。

「訓練なのに、倒した相手に手を差し伸べるでもなく冷たくあしらうお姿に、とても冷酷なものを感じました」

もちろん自分がそう感じただけだと、ロイスは断ったが……

「大丈夫ですか？　顔色が……」

はっとしてリーネは口元を手で覆《おお》う。

「大丈夫です、ありがとうございました。もう帰ります」

「でしたら、俺がお住まいまで送りしましょう」

ロイスが親切に申し出てくれた。それに結構ですと言おうとしたリーネだが、声が掠《かす》れて言葉にならない。

黙ったまま頭を下げ、リーネは夜の街に身を翻《ひるがえ》そうとした。

この店に家具を選びに来た時は、あんなにネイラスの本心を疑っていたのに、それがいまや、彼のなにもかもを信じてしまっている。心が砕けてしまいそうなほどに。

「お待ちください！　王妃さまがおひとりで帰るつもりですか」

ロイスがリーネの腕を掴んだ。

驚いて振り返ると、ロイスがあわてて手を離す。

「も、申し訳ありません、ご無礼を」

「いいえ、わたしこそ突然訪ねてきたのに、挨拶《あいさつ》もなく飛びだそうとして……」

「そんなことといいんです。でも、おひとりで帰るのはよくありません。俺に送らせてください」

リーネは首を横に振った。

「とんでもありません。勝手に訪ねてきたのですから、そんなご迷惑は……」

「迷惑なんて、このままだと却《かえ》って心配です。どうか、ご無礼でなければ送らせてください」

ここでリーネになにかあれば、責任を感じるのはロイスだ。

リーネは申し訳なく思いながらも、彼の言葉に甘えることにした。

街の通りを目立たぬように通り抜け、小高い丘にある王宮の敷地内へと向かう。

夕暮れの中に暗く沈んでいこうとする王立図書館が見え、リーネは足を止めた。

「あの、もうここで結構です」

「え？　お住まいはまだこの先ですよね？」

ロイスが驚いて言う。

彼は注文した家具を自分で届けてくれたから、新居の場所を知っているのだ。

「ええ、でも、ちょっと図書館で用を思い出したので」

「そういえば、図書館におつとめなのですよね」

リーネはうなずく。

「わかりました。それでは、俺はこれで」

突然訪ねていったことを再度詫び、ここまで送ってきてくれたことに礼を言って、リーネはロイスと別れた。

本当は、図書館に用なんてなかった。

ただ、家に帰りたくなかったのだ。

リーネはのろのろとした足取りで裏口から図書館へと入った。

閉館した図書館は静まり返っていて、怖いくらいに静かだ。

「リーネ？」

突然かけられた声に、リーネは呆然としつつ振り返った。

「……トリスタン」

本を数冊手にしたトリスタンが、驚いた顔で立っている。

「どうした？　なにか忘れたのか？」

「いいえ……」

そう答えると、トリスタンがくすりと笑う。

「まさか、陛下と夫婦げんかでもしたのか？」

「ち、違います……」

そんな話であったらどんなにいいか。

「夫婦のことに口を出すつもりはないが、陛下を妻として支えられるのはリーネ、おまえしかいないだろう？」

リーネは俯《うつむ》く。

長い髪が頬にかかり、足元に暗い影を落としている。

「どうやって支えればいいのでしょう？　わたしは、王妃に相応《ふさわ》しい教育も受けていませんし……陛下のお悩みもわかりません」

ネイラスは役に立っていると言ってはくれたが、まったく実感がない。

テーブルに本が置かれる音がして、トリスタンが口を開いた。

「確かに、その目で見ても国王という務めの壮絶さはなかなかわからないだろうな」

「壮絶さ？」

リーネが意外な言葉に顔を上げると、トリスタンがうなずく。

「陛下はいま大改革を敢行《かんこう》されている。国民の中で気づいている者は少ないだろうが、この国は疲《ひ》弊《へい》している。前国王、陛下の兄君の愚行でな」

「トリスタンは、ネイラスさまが国王になってよかったと思っていますか？」

リーネの質問にトリスタンは真剣な顔をした。

「兄君を暗殺しようとしたことは、確かに非情だとは思う。だが、その兄君が王として国のために力を尽くされていれば、ネイラス陛下もそこまでなさらなかったはずだ」

国のため……すべてはそれに尽きるのかもしれない。

王妃とは、そういう人の妻なのだ。

リーネは気づけば口を開いていた。

「トリスタン、わたし……」

決意を打ち明けたリーネに、トリスタンは驚いた素振りも見せず、ただわかったと言った。

図書館から家へ戻り、どうしてあんなことを、と思いながらリーネはぼんやり椅子に座っていた。

そして、どれだけの時間そうしていたのかわからなくなった頃、ネイラスが帰ってきた気配にはっとする。

彼は、音を立てないように慎重に玄関の扉を開けていた。

それは、眠っているはずのリーネを起こさないための気遣いなのだろう。

もう休んでいると思っていたリーネが居間の椅子に座っていることに気づいたネイラスが、少し驚いた顔で足を止めた。

「リーネ？　起きていたのかい？」

夜半はとうに過ぎている。

晩餐会《ばんさんかい》が終わって、夜も更《ふ》けたとなれば、王宮の主《あるじ》であるネイラスはそのまま王宮で体を休めることもできたのに。

なのに、ネイラスはリーネの待つ家に帰ってきてくれる。

リーネがもう寝ているかもしれないと思っていても。

やや疲れが見える彼の顔に、リーネは胸が苦しくなった。

「お帰りなさいませ」

「ただいま。こんな遅くまで待たせて悪かったね。でも、先に休んでいてくれてかまわなかったのに」

ネイラスは上着を脱いで椅子にかけ、リーネの顔を覗き込んだ。

「でも、今夜は寝顔しか見られないと思っていたから、うれしいよ」

そう言って、ネイラスがリーネの額《ひたい》に軽くくちづけた。

「もしよろしければ、お茶をいれましょうか？」

シャツの襟《えり》をくつろがせていたネイラスが手を止める。

「もう遅いし、そんなに気を遣わなくていいんだよ」

「わたしもお茶が飲みたいので、平気です」

ネイラスはまだなにか言いたげな様子だったが、微笑して椅子に腰を下ろした。

「じゃあ、頼もうかな」

「はい、少しお待ちください」

リーネは急いでお茶の準備をするために台所へ向かう。お湯が沸くまでの間が、途方もなく長く感じた。

そして、花の香りのお茶をいれ、音を立てないようにネイラスの前に置く。

「いい香りだね」

彼はいつもと同様にしばらく目を閉じて香りを楽しんでいる。

リーネは自分も向かいの椅子に腰掛け、話を切り出した。

「あの、それで、少しお話があって……」

「話？」

ネイラスが手に取ったばかりのカップを受け皿に置いた。

「こんな遅くに、疲れて戻られたのにすみません。でも、今日話さないといけないことなんです」

「かまわないよ。それで、話って？」

リーネは温かいカップを両手で包み、視線をテーブルに落とす。

「わたし……ディエーラ大聖堂でしばらく蔵書の整理を手伝うことにしました」

「ディエーラ大聖堂？　アディトンの街の？」

「はい」

リーネはうなずく。

ネイラスがどんな反応をするかわからなかった。

話題の王妃がしばらく王と離れて暮らす……そうなれば、少しの間でも国民の興味が離れていってしまうおそれがある。

それは、ネイラスにとって計算外の事態のはずだ。

リーネを利用するために王妃にしたのなら、やんわりと、だがどうあっても反対してくるだろう。

ネイラスの表情の変化をどんな些細《ささい》なものでも見逃すまい、とリーネはどきどきしながら顔を上げて夫を見つめた。

「そうか……」

しかし、ネイラスはほんのわずか困ったような表情を浮かべただけだった。

「それで、どれくらいの期間になりそうなのかな？」

「一月《ひとつき》くらいになりそうです」

一月《ひとつき》か、とネイラスが小さく繰り返す。

「それくらいはゆうにかかるだろうね。あの大聖堂の図書館は広いから」

ネイラスはディエーラ大聖堂に行ったことがあるのだろうか。そう思っていると、察したのかネイラスが言った。

「アディトンはいい街だよ。随分昔だけど、何度か訪れたことがある。ゆったりと流れる運河に、美しい街並み。活気もあるし、料理も美味《おい》しい」

そして、にっこり微笑むとまたカップを手に取る。

「わかった。行ってくるといい」

「え……」

その言葉にリーネは驚きを隠せなかった。

「そんなに驚いて……反対するとでも思っていた？」

ネイラスがくすりと笑う。

「僕は王都をなかなか離れられない身だし、君に一月《ひとつき》も会えないのは確かに寂しい。でも、リーネ。君がやりたいと思ったことを我慢せずにいてくれてよかったとも感じているよ」

リーネはしばらく呆然としていた。

「……勝手に決めてしまって、申し訳ありません」

消え入りそうな声で言うと、ネイラスが明るく笑う。

「謝ることはないだろう？　君にとってもいい経験になる」

それに、と彼が続けた。

「引き止めようにも、確かディエーラ大聖堂の図書館はすべて寄進で賄《まかな》われているはずだ。僕の権限で予算を止めて蔵書の整理をさせない、なんてこともできないしね」

いたずらっぽい笑みを浮かべ、ネイラスはようやくお茶を飲んだ。

その姿を見つめながらリーネは混乱していた。

レイラの言っていた通りなら、彼はこんなことを許さないはずなのに。

「どうかした？」

黙り込んでいるとネイラスが心配そうにこちらへ顔を向ける。

「な、なんでもありません。わたしも……寂しいです」

リーネは力なく微笑み、お茶を飲んだ。

いつもはふわりと広がる花の香りが、まったく感じられなかった。

そして、リーネがアディトンに発《た》つ朝。

ネイラスは差し迫った政務があり、リーネを送っていけないことをずっと気に病《や》んでいた。

「道中、気をつけて。なにかあったらすぐに知らせてほしい」

「はい、ネイラスさまも」

小さくまとめた荷物を持つリーネを、ネイラスはじっと見つめている。

「やっぱり、せめて船着き場まで送っていこう」

上着を取りに行こうとしたネイラスをあわてて引き止めた。

「いけません」

「だが……」

「ローラさんたちも一緒に来てくれますし、大丈夫です」

彼を安心させるため、リーネは微笑む。

それでもネイラスは心配そうだ。

「落ち着いたら手紙を書きますね」

そう告げると、やっとあきらめたようにネイラスがうなずく。

「わかった、待ってるよ」

蔵書の整理が終わったらすぐに帰ってくると約束してほしいとネイラスが言い、リーネはもちろんだと約束した。

そうしてリーネはネイラスから離れ、アディトンの街にあるディエーラ大聖堂へと旅立ったのだった。

★
★
★

アディトンの街は、王都から馬車で一日ほどだが、運河の街でもあるので、リーネは船に乗って川を下った。

乗り合いの船ながら、地味な装《よそお》いをして甲板《かんぱん》の隅で川面《かわも》を見ているリーネに気づく者はいない。

その近くではローラがいつもと同じく辺りに気を配っている。

「船酔いなどは大丈夫ですか？　この船はそれほど揺れることはないときいていますが」

「ありがとうございます。いまのところは大丈夫みたいです」

同僚の司書たちは、手伝いに名乗り出た者から順にディエーラ大聖堂に向かっていて、リーネは最後のひとりだった。

船で川を下る間、リーネは水面《みなも》を見つつ考えていた。

やっぱりレイラの話は大げさで、いろいろと誤解しているだけだ。

ネイラスはこうして快《こころよ》く送り出してくれたのだから。

「でも……」

リーネはつぶやいた。

そう思いたいのに、心のどこかで納得できない。

ネイラスと離れることで自分の気持ちも整理するつもりだったが、揺れる水面《みなも》のように自信がなかった。

振り返ると、王都が遠くかすんでいた。

アディトンの港につくと、そこからでもディエーラ大聖堂の屋根に輝く鷲《わし》の彫像が見えた。

街はネイラスの言っていた通り、美しい街並みを誇っていて、赤い屋根瓦の家々が並び、どの窓にも花が飾られている。

それらはどこかリーネがネイラスと暮らす家と雰囲気が似ていて、胸が切なくなった。

大聖堂は街の中心にあり、ステンドグラスが美しく壮麗な造りをしている。

「それではリーネさま、お気をつけて」

入り口の前でローラたちと別れ、リーネは大聖堂に足を踏み入れた。

近くにいた僧侶見習いらしき少年に声をかけると、すぐに図書館へと案内される。

「ようこそ、ディエーラ大聖堂へ」

続けて長身の司祭兼司書が出迎えてくれて、リーネは挨拶《あいさつ》を済ませた。

「とても大きな図書館ですね」

「長い歴史の中、何度も増築を繰り返しております。おかげでたくさんの蔵書を収めることができていますが、その分、建物の構造が少々複雑になりまして」

見回した限りでも、図書館の中は本棚が林立し、通路は迷路のようになっていた。その中を、すでに多くの司書たちが忙しそうに立ち働いている。

迷わないようにお気をつけください、と言われ、リーネはうなずいた。

「それにしても、まさか女性の司書の方が来てくださるとは思ってもいませんでした。しかも妃殿下だなんて、いやはや驚きました」

「申し訳ありません。お伝えしていなくて。ですが、わたしはいち司書として参りましたので、お気遣いは無用です」

司祭が感心した様子でリーネを見た。

「わかりました。いま図書館は閉館していますし、一般の方も利用ができないので、妃殿下の周囲を騒がせることはないでしょう」

「ありがとうございます」

リーネは曖昧《あいまい》に微笑む。

できれば妃殿下と呼ぶのはやめてほしかった。

「他の司書の方は僧坊へご案内してそちらで寝泊まりしていただくようになっていますが、そこは女人禁制ですので……」

近くの貴族の屋敷に迎えることになっているときかされ、リーネはあわてた。

「そんな、とんでもありません」

固辞したが、司祭はなかなか納得してくれなかった。

「特別なことは必要ありませんので」

「そうは言っても、他に泊まる場所が……街の宿屋は運河で荷を運んでくる商人たちで、いつもいっぱいなのです」

商人は羽振りのいい者たちが多く、王妃に相応《ふさわ》しい宿屋ともなるとなかなか部屋は開いてないらしい。

「わたしはどんなところでも気にしませんから……」

リーネはなんとか司祭を説得して、図書館の倉庫にある小さな部屋を借りることにした。ローラたち警護兵たちを煩《わずら》わせないためにも、出歩くつもりはなかったし、図書館内で寝泊まりできればその方が都合がよかったのだ。

階段の下にあるその部屋はしばらく使われていなかったらしく、少し埃《ほこり》っぽかったが、寝泊まりには十分だった。

司祭にはさんざん渋られたが、リーネにしてみれば貴族の屋敷より落ち着ける場所だ。

「ふぅ……」

寝具だけ運び入れてもらい、やっと一息つく。

王立図書館で暮らしていた時と同じくらい小さな部屋には、ベッドと最小限のものだけ。

灯りもランプだけだ。

「なんだか懐かしい」

リーネはつぶやいた。

ひとりになると、陽が暮れて誰もいなくなった図書館の静けさが身に染みる。

慣れ親しんだ感覚のはずが、なぜかしっくりこない。

きっと、ほんの少しの間でもネイラスがいることに慣れてしまっていたのだ。

リーネは持ってきた荷物の中から、一冊の本を取り出した。

「ふふ……」

その本を見ると、不思議とどんな時でも心が温かくなる。

それは翡翠《ひすい》の塔に幽閉《ゆうへい》されていたネイラスに、はじめて届けた童話の本だった。なにを持っていくか考えた時、この本が真っ先に頭に浮かんだのだ。

リーネは表紙を眺めながらやさしく撫《な》でた。

タイトルは、『小さな王子の冒険』。

ネイラスと翡翠《ひすい》の塔でこの本の話をしたことが思い出される。

あの日、近寄りがたいと思っていたネイラスに、はじめて親しみを感じた。

その後、王妃にと望まれるなんて夢にも思っていなかったけれど。

心躍《おど》る小さな王子の勇気あるお話は、読み進めていく内に文字が涙で滲《にじ》んで読めなくなっていった。

リーネは涙に頬を濡《ぬ》らしつつ、胸元から銀の鎖にかけられている鍵を取り出す。

鍵についている鳩《はと》の装飾。

鳩《はと》は必ず巣に帰るから、とネイラスは言っていた。

「ネイラスさま……」

帰れるのだろうか。

リーネは、ネイラスのもとに。

★★★

翌日、リーネが任されたのは本の修復だった。

次から次に傷《いた》んだ本が運び込まれてきて忙しい。

おかげであっという間に時間が過ぎ、せっせと手を動かしているだけで一日が終わった。

「ローラさん」

仕事が終わり、リーネは図書館の入り口へ行き、警備中のローラに声をかけた。

「リーネさま、今日の作業は終わりですか？」

「はい、終わりました」

大聖堂の図書館には、この一カ所しか出入り口はなく、不審な人物はここで止められる。ローラたちは交代でこの出入り口を警備してくれていた。

そして、リーネは朝と夕方に顔を出し、無事を伝えることになっていた。

今日も何事もなかったとローラに報告し、彼女たちの働きを労《ねぎら》う。

「リーネさま、手が……」

そう言われて思い出したようにリーネは自分の手を見た。

ところどころ小さな赤い傷がある。

「ああ、本を綴《と》じていて何度かうっかり針で刺してしまっただけです」

「大丈夫ですか？　手当ては？」

慣れているので自分で手当てしたと話すがローラは心配そうだ。

リーネの身になにもないよう、きつくネイラスに申しつけられているに違いない。

「お気をつけください。王都にお戻りになった時、傷だらけでは陛下が嘆《なげ》かれます」

「まだ王都に戻るのは随分先ですから、大丈夫です。でも、気をつけますね」

そう言ってローラへの挨拶《あいさつ》を済ませ、図書館の中へと戻った。

疲れを感じたまま、重い足取りで部屋代わりの倉庫の扉を開けると、リーネは違和感をおぼえた。

「……？」

ふと見ると、床にすみれの押し花が落ちている。

「これ……」

リーネは押し花を拾い上げてよく見た。間違いない。ピクニックに行った時、幼い少女がくれたすみれを押し花にして本に挟んでいたものだ。

その本は荷物から取り出してベッドの横に並べていたが、まだ一度も開いていない。本は、いまもリーネが並べた通りになっている。

「まさか……ね」

誰かが留守の間にここに足を踏み入れたのかもしれないと思ったが、すぐにそんなことが起こるわけがないと考え直した。

「きっと気のせいだわ」

それに、大切なものは『小さな王子の冒険』だけだ。

その価値もリーネにしかわからない。

だからなんの心配もないと、リーネはそれ以上気にしなかった。


それから同じように立ち働く日が何日も続いた。

ディエーラ大聖堂へ来てから十日ほど経ったその日、リーネは童話の整理を任され、あちこちに本を運んだりと忙しく作業していた。

すっかり大聖堂の図書館にも慣れたが――リーネははっとして壁にかかっている時計をさがす。

見ると、思った通り長針がもうすぐ正午を指そうとしている。

リーネが身構えた途端、大きな鐘の音が辺りに響き渡った。

「……っ！」

図書館には慣れたが、慣れないのはこの正午の鐘だ。

街中に響かせて時間を知らせるために鳴らしているのだが、おかげで大聖堂の内部もとんでもない大音響となり、驚いてしまう。

はじめてきいた時はなんの心の準備もできていなかったせいで、飛び上がったものだ。

この鐘が鳴ると司書たちは手を止め、ぞろぞろと食堂へ向かいはじめる。

リーネもそろそろ休憩しようと思ったものの、とりあえず、いま抱えている本を運んでしまおうと急いだ。

そうして足元に注意しながら階段を上《のぼ》っていると、頭の上からなにかが落ちてきた。

「……え」

すんでのところでなんとか避けたが、見るとそれは一冊の本だった。

「どうして……」

頭上を見るが、誰もいない。

「どこからか落ちてきたのかしら……」

階段の上に本が積み上げられている場所があるのかもしれない。

だとしたら、まだ落ちてくる可能性がある。

そうなる前にどこかへ移動させた方がいいだろう。

そう考えたリーネは足元に落ちている本を屈《かが》んで拾おうとした。

「よいしょ……っと」

本を抱えているから上手く足元が見えない。

手探りで足元をさぐっていると、背後から強い衝撃に襲われ、リーネは階段を踏み外してしまった。

「きゃ……っ」

抱えていた本がばらばらと先に落ちていく。

体に強い衝撃を受け、リーネは目の前が真っ暗になった。

一瞬気を失っていたらしく、はっと気づくとリーネは本の中に埋《う》もれていた。

「い……痛《いた》……」

起き上がろうにも、体に力が入らない。

身じろぎするとまわりに積み上げられている本が崩れ落ちてくる。

「……っ」

崩れてくる本を止めようとして、手が震えていることに気づいた。

手足のあちこちをぶつけたようだが、骨が折れたり大きな怪我をしたりはしていない。

階段を下りたところにあった本の山のおかげだった。

「本があってよかった……」

ひとまず安心したが、リーネは誰かに突き落とされたのだ。

いまは昼の休憩時間で辺りに人の気配はない。

突き落とされた時も、まわりには誰もいなかったと思う。

そこでひとりの人物が心当たりとして浮かんできたのを、リーネはあわてて打ち消した。

「そんな、まさか……」

だが、どうしてもレイラの言葉が甦《よみがえ》ってきてしまう。

『陛下は、そんなことになったらお姉さまの命を奪うことをきっと躊躇《ためら》わないわ』

他に命を狙われるおぼえなどない。

どうしてもネイラスの名が頭をよぎる。

快《こころよ》く送り出してくれたのは建前で、もうリーネのことを利用できないと思ったのか……

いま自分が不慮の事故で命を落とせば、ネイラスに同情が集まる。そうして国王としての人気が揺るぎないものになれば、また新しく花嫁を迎えることができるだろう。

リーネを亡き者にするには、王都を離れているいまが絶好の機会だ。

リーネは震えはじめた手をぎゅっと握った。

疑いが大きくなると同時に、それを否定したい気持ちも強くなる。

なにかの間違いだと。

立ち上がれないでいると、遠くでかすかに物音がした。

「……！」

リーネを階段から突き落とした者が、生死を確かめようとしているのかもしれない。

とにかく、このままここにいてはいけない。

誰か人のいるところに逃げなくては。

なんとか立ち上がり、手すりを頼りに階段を下りていく。ローラのもとへ行こうと思ったが、そうしていいものか悩む。

もし、リーネを亡き者にしようとしているのがネイラスならば、彼の部下を頼るのは危険だ。

「……！」

階段を下りきろうとした時、背後になにかの気配を感じた。

リーネは足が震えて動けなくなる。

振り向くのがおそろしかった。
そうしていると、階段を下りてくる足音がきこえてきた。
音を立てないようにしているが、古い木製の階段はどうしても軋《きし》んでしまう。
ギシギシとかすかに耳障りな音を立てながら、足音が近づいてくる。
司書や大聖堂の司祭ならば、こんなに足音をひそめなくていいはず。
胸がどきどきと早鐘を打ち、口を押さえていないと悲鳴を上げてしまいそうだ。
リーネは、弾かれたように走り出していた。
やはり、自分の足音だけではない。誰かが追ってくる。
「いや……っ」
恐怖のあまり走りながら声が出た。
足がもつれてよろけ、倒れて床に手をつく。
はっとして振り返ると、薄暗い中に人影が見えた。
「だ、誰……ですか……」
もしかして他の司書かもしれないと一縷《いちる》の望みをかけたが、返事はない。
足音だけが、不気味に近づいてくる。
リーネは立ち上がれないまま、目を見開いた。
現れたのは、顔を隠した黒ずくめの男だ。
「きゃ……」

男はゆっくりとリーネの前に立ちはだかった。無言だが、その身に不穏な空気を纏《まと》っている。殺気だ。

見れば、手には光るナイフを持っている。

「ど、どうして……」

リーネが後退《あとずさ》ろうとすると、男がナイフを手に躍《おど》りかかってきた。

「！」

咄嗟《とっさ》に、横にあった書架用の梯子《はしご》を男に向かって倒した。

くぐもった声を上げて男が怯《ひる》む。

梯子《はしご》が書架の間に斜めに倒れ、男の行く手を阻《はば》む形になった。

その隙にリーネはなんとか立ち上がって逃げ出し、書架の間を闇雲に走る。

しばらくしてなにかが倒れる大きな音がした。男が梯子《はしご》を投げ捨てたのだ。そして再び足音がものすごい速さで追ってきているのがきこえた。

リーネは喉の奥で小さな悲鳴を上げた。

自分の声にますます恐怖が煽《あお》られ、足も速まる。

そして、急いで閲覧室《えつらんしつ》への角を曲がった時、誰かにぶつかった。

「きゃ……っ」

「ひ……っ」

目深《まぶか》にフードを被った僧服姿の司書だと思ったが、漏《も》れた声は女性のものだ。

他に女性の司書がいるなんて話はきいていない。

「あなた……」

追われていることも忘れてフードの奥を覗き込んだリーネは、息を呑んだ。

「お、お母さま……？」

フードから見えた顔は、間違いなくマーゴットのものだった。

「どうして、ここに……？」

リーネは信じられずに声が掠《かす》れてしまう。

マーゴットは乱暴な手つきで被っていたフードを取り払った。

すると、冷たい美貌が露《あら》わになる。

「もちろん、おまえが死ぬのをわざわざ見届けに来たのよ。私は童話に出てくる継母《ままはは》のようにそこを抜かったりしない」

正面からはっきりとそう告げられ、さすがに愕然《がくぜん》とする。

「わ、わたしが……死ぬのを……？」

呆然とつぶやいてからはっとした。

「では、あの覆面の男は、お母さまが……」

「こんなに手間取って使えない男だったようね」

金の無駄だったわ、と吐き捨てるマーゴットに、リーネは長い間感じていた疑問をぶつけた。

「どうしてですか？　どうして、そこまでわたしを？」

なぜここまで憎まれるのか、ずっとわからないでいた。

リーネは、すべて渡したのに。

父の遺した財産も、生まれ育った屋敷と思い出も。

そう言うと、マーゴットが喉の奥で笑った。

「誰もが私をおまえの母親と比べたからよ。夫だけではなく、屋敷の下働きの者まで！」

許せなかった、とマーゴットが叫ぶ。

「おまえだってそうでしょう！　自分の母親と私を比べて、その至らなさをあざ笑っていたのだろう！」

その叫びに、リーネは目を見開き、呆然とつぶやいた。

「わたしは……母のことをおぼえていません」

はっとマーゴットが息を呑むのがわかった。

愕然《がくぜん》とした表情のあと、瞳を揺らしている。

生みの母はリーネが二歳の時に亡くなったのだ。

記憶はおぼろげにも残っていない。

リーネが持つ母の記憶は、屋敷に飾られている生前の肖像画だけだったが、それももうずっと昔に、マーゴットに燃やされてしまっている。

「それでわたしを憎んでいたのですね……」

リーネは胸が痛んだ。

父は母が亡くなった後、強い悲しみにずっと心を閉ざしていた。リーネがそのことに気づいたのは成長してからのことだ。父は、親族に強くすすめられて新しい妻を迎えても、レイラが生まれても、結局誰にも心を開かないまま母のもとへ逝《い》ってしまった。

マーゴットも後妻として苦労したのだろう。

「でも、もうやめてください。こんなこと、レイラが悲しみます！」

リーネは思わず叫んでいた。

だが、マーゴットの心には響かなかったようだ。

「レイラが悲しむ？　すべてあの子のためよ！」

それに、とマーゴットは続けた。

「おまえの父親が私に約束したのよ。おまえが得るものはすべてレイラに渡すと。だから、早く王妃の座をレイラに渡しなさい。おまえが生きている限り、レイラが王妃になれないわ」

「王妃の座をレイラに……？」

確かに、急に押しかけてきたあの時、マーゴットはリーネへ「レイラに自分以上の暮らしをさせるべき」などと言っていた気がする。

リーネは胸の内がひやりと冷えたのを感じた。

「王妃の座は手渡すわけにいかないものね。でも、おまえが死ねば、王妃をレイラに引き継げるでしょう？」

リーネは首を横に振る。

「ご自分がなにを言っているのかおわかりですか？　王妃の座はわたしがどうこうできるものではありません。そして、たとえどんなに大切な妹であろうと譲れるものでもありません。世襲の王位とは違うのですから」

「黙りなさい、ケイトリーネ。だったらなにも持たずに惨《みじ》めに暮らしていればよかったのに」

リーネはマーゴットの意味深な微笑にぎくりとした。

まさか、と振り返ると、覆面の男が後ろに立っている。

「さあ、今度こそ仕留めるのよ！」

男がかすかにうなずくのを見て、リーネは逃げ出した。

「逃げ場はないわよ、愚かな娘、ケイトリーネ！」

マーゴットの哄笑《こうしょう》が響き渡る中、リーネは走った。男の追ってくる足音が次第に近づいてくる。

とても走って逃げ切れるとは思えない。

どこかに身を隠すところはないかと考えた時、思い当たった。

確か内側から鍵をかけられる書庫が、すぐ近くにあったはずだ。

そこに逃げ込めば男は手出しできなくなる。

リーネは本棚の間を縫って逃げ、書庫を目指した。

走り続けて息が苦しくなり、視界がかすむ。

「……っ」

必死に走ってようやく書庫の扉が見えた。

リーネは扉に飛びつくように駆け寄り、取っ手を回す。

「う、うそでしょう……っ！」

しかし、取っ手はガチャガチャと音がするだけで回らない。

「い、いや……っ」

恐怖のあまり冷静さを失い、リーネはすぐにあきらめることができなかった。

その間に、ついに男に追いつかれてしまう。

「きゃあああ」

リーネは悲鳴を上げて書庫の扉に背中をつける。

もうどこにも逃げ場はない。

男が距離をつめ、慎重に手にしたナイフをリーネ目がけて振り下ろしてきた。

「……っ！」

リーネはきつく目を閉じてしゃがみ込んだ。

このままなにもわからずに終わってしまうなんて……

その時、金属がぶつかる音がしてはっとする。

「リーネ、無事か⁉」

目を開けると、誰かの背中が見えた。

信じられない。

リーネは自分の目を疑った。

なぜなら、そこにいたのはネイラスだったからだ。

「え……」

彼は剣を構え、覆面の男のナイフをすんでのところで防いでいた。

「逃げろ、リーネ！」

するどい声にリーネはやっと我に返る。

「で、でも、ネイラスさまは……っ」

「こんな男に後《おく》れはとらない」

逃げろ、と再び叱咤され、リーネはどうにか立ち上がることができた。

ネイラスは男の突き出すナイフを素早く躱《かわ》している。形勢不利だと思ったのか、覆面の男が手近な棚から本を掴み、ネイラスに投げつけた。

「おい、本を手荒に扱うな」

投げつけられた本を、ネイラスが受け止める。

その隙に男がナイフでネイラスに斬りかかった。

けれども、ナイフを撥《は》ね飛ばすように剣を振るい、男が体勢を崩す。それを見逃すことなく、ネイラスは俊敏な身のこなしで男の懐《ふところ》に踏み込んだ。

男が手にしていた分厚い本で、ネイラスの一撃をなんとか防ごうとした。

「ぐぅ……っ」

だが、ネイラスの剣は本を貫《つらぬ》かず、代わりにダガーが男の脇腹に深々と突き刺さっている。

男の手から本が落ちた。

ネイラスは右手に長剣、左手にダガーを隠し持っていたのだ。

「狭い本棚の間でこんな長剣で戦うと思ったのか？」

男はなにか言おうとしたが、そのまま声もなくがくりと床に膝をつき、倒れた。

「オルソン伍長。男を縛《しば》り上げろ」

「は！」

ネイラスが声をかけると、ローラと護衛たちが駆けつけてきた。

そして、剣を鞘《さや》に収めたネイラスがゆっくりと振り返る。

「無事か、リーネ」

リーネは安堵のあまりへたり込んでしまいそうになり、ネイラスに支えられた。

「もう心配ない。怖かっただろう？」

「……ネイラスさま？　どうしてここに？」

そうきくと、彼は腕の中にリーネを抱き寄せた。

「どうしてって、愛する妻に会いに決まっているだろう？」

「こんな絶妙な場面を……見計らってですか？」

そう率直に問うと、ネイラスが曖昧《あいまい》に微笑んだ。

「もちろん、ずっと君を見守っていたんだ。僕が王都を離れられないというのは方便で、あんなに様子のおかしい君を放っておけるはずないだろう？」

リーネは動揺した。

「そんな……では、はじめからわかっていたのですか？」

リーネがこの大聖堂の手伝いに来た理由も。

「それは調べたんだ。なにかあると思ってね。そうしたら、君の母君につけていた見張りが見過ごせない報告をしてきた」

マーゴットがリーネと同じ街へ向かったと。

つまり、リーネは王都を離れてからずっとマーゴットに付け狙われていたのだ。しかも、彼女はどうやったのか僧服まで手に入れていた。そうして司書に身をやつし物陰から慎重にリーネの様子をうかがっていたのかもしれない。

そこではじめて、リーネは寝泊まりしていた部屋に誰かが侵入したような形跡があったことを思い出した。あれはおそらく気のせいではなかったのだ。

「さて、どうしようか」

ネイラスがちらりと見ると、本棚の陰からマーゴットが姿を現した。

「やっとあきらめたようだな。出入り口はもう封鎖してある。僧服を着ていても通れないぞ」

マーゴットの顔は憎々《にくにく》しげに歪《ゆが》んでいる。

「リーネに命乞いをしてみたらどうだ？　私は妻が願えばおまえを殺しはしない」

その言葉に、マーゴットの歯を噛みしめる音がきこえてきそうだった。

「さあ、跪《ひざまず》いて許しを乞うがいい。命が惜しいのならな」

冷酷に言い放つネイラスの袖を、リーネは控えめに引く。

「ネイラスさま。もう……」

屈辱《くつじょく》に震えるマーゴットの姿をこれ以上見ていられなかったのだ。

「……リーネ。そういうところが君のいいところだと思う。でも、これはそんな軽い罪ではないよ。もう見過ごせないところまできてしまった。なにしろ王妃の暗殺未遂なのだから」

「それは……」

暗殺未遂という重い言葉に、リーネはなにも言えなくなってしまう。

「連れていけ」

それを合図にローラたち以外の兵が現れ、マーゴットを取り囲んだ。

「ケイトリーネ！」

びくりとリーネの体が震えた。

兵たちに両脇を固められたマーゴットが、なにか言いたげにリーネを見ている。

それなのに、マーゴットはわなわなとくちびるを震わせているだけだ。

だが、リーネには彼女がなにを伝えたいのかよくわかった。

「……わかりました。レイラのことは心配しないでください」

そう言ってうなずくと、マーゴットはがくりと項垂《うなだ》れ、兵たちに連れられて行った。

その姿からリーネは目を逸らす。

こんなことになってしまって、妹はどんなに悲しむだろう。

レイラになんと説明していいか……

立ち尽くしていると、ネイラスが隣に立った。

「リーネ。君の父君は、君を守るためにすべての遺産を君の妹に渡したんだ」

「え？」

リーネはネイラスの顔を見上げた。

「君の妹が言っていたんだ。あの女に執拗《しつよう》に財産を渡すように迫られていた父君は、心労がたたって亡くなってしまったと。なにしろ全財産を次女に渡さなければ、リーネを殺すと言われていたんだ。きっと父君は脅《おど》しではないと思っていたのだろう」

「そんな……お父さま……」

父はリーネの命を奪われるくらいなら、と財産を渡すと約束したらしい。

いつも遠くを見ていた父の目がいまになって自分に注がれているような気がして、リーネは涙ぐんだ。

「でも、どうして、そんなことをレイラが……」

レイラは屋敷で父の隠されていた日記を見つけ、すべてを読んで知ったのだとか。

「そうだったんですね……」

つらい思いをさせてしまったと胸が痛んだ。

「だが、君の妹はしっかりしている。僕が訪ねていくと、君を不幸にしたら許さない、と言われたくらいだからね」

「レイラがそんなことを？」

ネイラスがうなずいた。

マーゴットが突然リーネのもとに押しかけてきた日から、継母《ままはは》には見張りがついていたらしい。そして、リーネがアディトンの街へ発《た》つと同時に、マーゴットも王都からアディトンに向かっていることを知ったネイラスは、直接レイラに会いに行ったという。

マーゴットがなにを企《たくら》んでいるか知る必要があったからだ。

「その上で、もちろんリーネを不幸にするつもりはないと誤解は解いたよ」

「誤解……」

ネイラスが大げさに驚く。

「そうだ、君も誤解していたんだよね？」

悲しげな彼の声に、リーネはあわてた。

「それは……」

肩を落としていたネイラスがちらりとリーネを見る。

「じゃあ、僕に利用されているかもしれないと思って、なんであんなにつらそうだったのか、説明してくれるかな？」

「え？」

リーネはぽかんとした後、じわじわ頬が熱くなるのを感じた。

「僕のことをなんとも思っていなかったら、あんなにつらそうな顔はしないだろう？」

「わ、わたし、仕事に戻らないと」

そう言ってネイラスの横を通り抜けようとして、腰を引き寄せられた。

「もう逃がさないよ」

リーネはどぎまぎしながらネイラスの顔を見上げる。

目を細めて見つめられ、俯《うつむ》こうとすると、頬に手が添えられた。

「ネイラスさま……」

床に伸びたふたつの影が近づき、そっと重なった。

★ ★ ★

「さあ、どうぞ」

ネイラスに促《うなが》されてもリーネの足は前に出ない。

「あ、あの、本当にわたしが入ってもいいんでしょうか？」

ネイラスが呆れたように肩をすくめる。

「だから、何度もいいと言ってるだろう？　君は僕の、この国の王妃なのだから、当然その権利がある」

「は、はい」

しかし、やっぱり畏《おそ》れ多い気がして緊張してしまう。

「これが鍵だよ」

ネイラスに手渡されたのは、複雑な装飾が施《ほどこ》されたずっしりと重い金の鍵だ。

「さあ、開けて」

大きな両開きの扉の鍵穴に鍵を差し込み、ゆっくりと回すと強い手応えがあった。

ネイラスが押したところ、軋《きし》みながら扉が開く。

「これが……王宮の図書室……」

リーネは天井を見上げた。

室内は円形の吹き抜けのらせん状で、壁がすべて本棚となっている。

ここが王族しか入室を許されない、希少本も数多く収蔵されているという図書室だ。

「すごいですね……」

ため息とともにリーネはただ本棚を眺めた。

まだ、とても手にとって見る気にはなれない。

本棚には豪華な装丁の背表紙が並んでいるかと思えば、幾重《いくえ》にも巻かれた巻物が積み上げられていたりと、変わったものも多かった。

きっと世界各地から集められたものなのだ。

どの本からも異国の香りがかすかに漂《ただよ》ってきていて、なんとも言い難い不思議な空気に満たされている。

「みんなに話したら信じるかしら……」

リーネはつぶやいた。

まるで夢の中にいるような感覚で、足元がふわふわと落ち着かない。

ふと部屋の中央の書見台に置かれている一冊の本に気づいた。

「え……この本……」

どんなめずらしい本だろうと思ったが、それは『小さな王子の冒険』だった。

「どうしてここに？　あの本はわたしが……」

大事に、ベッドの横の小さな本棚にいつも置いているのに。

ネイラスは答えず、ただ微笑んでいる。

リーネは不思議な心地で本を手にとった。

そして、開いてみて気づく。

「これ……わたしの持っているものと少し違います」

これまで何度も読んでいるのですぐにわかったのだ。

ところどころ描写が少しずつ違っているが、いちばんの違いは王子の名前だった。

リーネはネイラスを振り返る。

「王子さまの名前が……」

ゆっくりとネイラスが近づいてきて、リーネの横に立った。

「そうだよ。王子の名はネイラス、僕と同じ名前だ」

「そんな……どうしてですか？」

リーネの持っている本の王子の名前はリオンだ。

「これはね、僕の母が幼い僕のために書かせた本なんだ」

「え……」

リーネは手にしていた本をまじまじと見た。

「僕のために書かれた、この世にたった一冊しかない本……のはずだったけど、作者の彼は習作を書いていたんだと思う」

「あ、わたしの持っているものがその習作なんですね」

リーネが持っている本には作者名がなかったが、ここにある本にはしっかりと作者名が入っている。

きっと、作者は習作は誰にも見せるつもりがなかったのでわざわざ名前を入れたりせず、王子の名前も変えていたのだろう、とネイラスが言った。

ところが作者が亡くなった後、そのことを知らなかった家族によって、図書館へ持ち込まれたというわけだ。

「つまり、図書館に寄贈《きぞう》された蔵書の持ち主が、この本の作者の方だったのですね」

「そうだよ。習作を入手した経緯を君からきいた時、はじめて僕も彼が亡くなっていたことを知ったんだ」

しみじみとネイラスが言い、リーネの手にしている本を見つめる。

「作者の方は、このお話がとても気に入っていたのでしょうね」

だから完成した本を献上しても、習作も同じように一冊の本としてひっそりと残したのだ。

「それにしても、なんて偶然なんでしょうか。信じられません」

「僕も驚いたさ。まさかと思ったし、君の意図はなにかと随分考えた」

「わたしの意図？」

「だって、偶然こんなものを僕に渡してくるとは予想もできないだろう？　なにかきっと裏があるのだと思ったんだ」

もちろんリーネにそんな意図などなかった。

ただただ、偶然だったのだ。

「話してみてわかった。君はなにも知らないのだと。だとしたら、この本を君に持たせて僕に渡すよう仕組んだ者がいるのかもしれない、と密かに調べさせたんだ」

結果、リーネは政敵の誰かの手先などとは考えられない、ひっそりと孤独に暮らす身の上だとネイラスは知った。

「不思議だった。なぜいまこの本が自分の前に現れたのか……。母が本を読むのが好きな僕のために書かせた童話だ。小さなネイラス王子の冒険を、幼い頃は何度も読んだよ。でも、母が亡くなってからは机の引き出しにしまったまま、目にすることもなくなっていた」

ネイラスはリーネの手から本を受けとり、開いて眺めている。

「小さなネイラス王子は勇敢でやさしいが、習作を見た時、王子の名前はリオンになっていた。もうあのネイラス王子はいなくなってしまったのだと……そう思った」

「陛下……」

ネイラスの声は重く、苦しげだった。

「母は、僕にこの物語のように勇敢でやさしい王子になってほしいと願っていたんだ。だが、その母もすでに亡く、僕はすっかり変わっていた。兄よりも自分の方が優れていると信じ、王妃の言いなりになって国を混乱させる兄に苛立ち、自分の方が王に相応《ふさわ》しい、と……」

リーネが不安な面持ちで見つめていると、ネイラスが困ったように微笑んだ。

「僕が兄を暗殺しようとしたのは、兄の王妃と貴族たちの罠だった。その罪で塔に幽閉《ゆうへい》され、僕は時を待っていた。王位を簒奪《さんだつ》する機会をね。このままではおそらく兄も王妃に命を奪われてしまう。その前に僕が王となり、王妃をこの国から追放する……いまでもそれは間違っていなかったと思っている」

塔の中で気怠《けだる》げに椅子に座っていたネイラスの姿が思い出される。

あの時、彼は遠くを見ていた。

「そんな中、君が僕の前に現れた。この本を持って」

ネイラスが手を伸ばし、リーネの髪に触れる。

「リーネ、君のおかげで僕は本当の自分を思い出すことができた。ずっと冷酷な自分が本当の自分だと思い込んでいたんだ」

「ネイラスさま……」

俯《うつむ》くネイラスの頬に長い睫《まつげ》が影を落としている。

「でも、冷酷な王子も長い時間をかけて僕の中に根を張って……そう簡単には消えないだろう」

だから、とネイラスは続けた。

「僕には君が必要だ」

ネイラスが跪《ひざまず》き、リーネの手をとった。

「これからもずっと僕の王妃としてそばにいてほしい」

リーネは真摯《しんし》なネイラスの瞳に息を呑んだ。

「わたし……」

緊張して声を震わせながらも、リーネはなんとか答えた。

「このままのわたしでいいのなら」

★　★　★

そうして改めて王妃となったリーネ。

目覚めると、リーネのそばにあるのは本ではなく、夫ネイラスの寝顔になった。

「……っ！」

毎朝、リーネは息を呑んでしまう。

そのあまりの美しさに。

でも、いつまでも驚いていてはいけないと思い直しつつ、そっとベッドから抜け出そうとしたところ、ネイラスの手が伸びてきて引き戻された。

「きゃ……！」

あっという間に腕の中に閉じ込められてしまう。次いでくすくすと笑い声がきこえてくる。

「……そろそろ慣れてくれてもいいんじゃないのかな？」

「そ、そう努力してるのですけど……」

もぞもぞと落ち着かないリーネにネイラスが言う。

「どうしたの？」

リーネははっとして動きを止めた。

「もう朝ですから、起きないと……」

「まだあと少しくらい、いいだろう？」

寝起きでやや掠《かす》れているネイラスの声が耳元に囁《ささや》く。リーネはくすぐったさに肩をすくめ、仕方なく答えた。

「え、えーっと……はい」

ことん、と頭をネイラスの肩にあずけると、腕に力が込められる。

「随分きき分けがよくなったたね。それは、なにを言っても無駄だと思っているから？」

「そんなことは……」

ないとは言えなかった。

毎朝、リーネがネイラスを起こさないようにそっとベッドを出ようとするのは、こうなるからだ。

「あんまりきき分けがいいのもつまらないな。なんとか僕の腕から抜け出そうとする君を、あの手この手で引き止めるのも楽しいからね」

「やっぱりもう起きます」

リーネは体を起こそうとしたが、ネイラスの腕には敵《かな》わなかった。どうもがいてもベッドから抜け出せない。

「たまには遅刻するのもいいだろう」

「よ、よくありません……っ。わたしは、いまとっても忙しいんですから！」

リーネは、正式に出版されることになった『小さな王子の冒険』の責任者として仕事を任されているのだ。

「そう言われるとそんなに引き止めるのも悪いかな……なんて僕は言わないよ？」

ネイラスに間近で見つめられ、その美貌にリーネは思わず体から力が抜けてしまう。

そんな妻を見て、ネイラスがくすりと笑った。

「本当に、君はいつなったら僕に慣れるのかな？」

リーネは恥ずかしくなって首をすくめる。

「も、申し訳ありません……」

消え入りそうな声で言うと、ネイラスにやさしく抱き寄せられて髪にくちづけられた。

「謝る必要はないよ。そんなところがとてもかわいい」

「ネイラスさま……」

リーネはしあわせに胸がいっぱいになり、夫の腕の中でうっとりと目を閉じる。

その日、図書館に勤め出して、はじめてリーネは遅刻した。

こうして仲睦《なかむつ》まじい国王夫妻のおかげで、レニスタ王国では結婚する若者が大幅に増加し、国の繁栄へと繋がることとなる。

また、出版された『小さな王子の冒険』は国中で大流行し、リーネもその本を生まれた我が子に贈ったのだった。

RC Regina COMICS
メイドから母になりました 1〜3
大好評発売中!!
原作 夕月星夜 Seiya Yuzuki
漫画 月本飛鳥 Asuka Tsukimoto
アルファポリスWebサイトにて
好評連載中!
シリーズ累計10万部突破!
子育てファンタジー
待望のコミカライズ!
異世界に転生した、元女子高生のリリー。
ときどき前世を思い出したりもするけれど、
今はあちこちの家に派遣される
メイドとして活躍している。
そんなある日、王宮魔法使いのレオナールから
突然の依頼が舞い込んだ。
なんでも、彼の義娘《むすめ》・ジルの
「母親役」になってほしいという内容で——?
魔法世界で愛娘と
楽しい職場見学!?
アルファポリス 漫画
検索
B6判・各定価:本体680円+税

木野美森（きのみもり）
東京都在中。2015年はじめてネットで発表した「運命の乙女は狂王に奪われる」で出版デビュー。好きなものは猫とアイス。

イラスト：牡牛まる

令嬢《れいじょう》司書《ししょ》は冷酷《れいこく》な王子《おうじ》の腕《うで》の中《なか》

木野美森（きのみもり）

2018年 7月 5日初版発行

編集－反田理美・羽藤瞳
編集長－塙綾子
発行者－梶本雄介
発行所－株式会社アルファポリス
〒150-6005東京都渋谷区恵比寿4-20-3 恵比寿ｶﾞｰﾃﾞﾝﾌﾟﾚｲｽﾀﾜｰ5F
TEL 03-6277-1601（営業） 03-6277-1602（編集）
URL http://www.alphapolis.co.jp/
発売元－株式会社星雲社
〒112-0005東京都文京区水道1-3-30
TEL 03-3868-3275
装丁・本文イラスト－牡牛まる
装丁デザイン－ansyyqdesign
印刷－図書印刷株式会社

価格はカバーに表示されてあります。
落丁乱丁の場合はアルファポリスまでご連絡ください。
送料は小社負担でお取り替えします。

ISBN978-4-434-24793-4 C0093